# 诗文研习琐谈

殷 敏 著

古吴轩出版社

图书在版编目（CIP）数据

诗文研习琐谈 / 殷敏著. -- 苏州：古吴轩出版社，2021.5
 ISBN 978-7-5546-1740-3

Ⅰ.①诗… Ⅱ.①殷… Ⅲ.①古典诗歌－诗歌欣赏－中国－文集②古典散文－文学欣赏－中国－文集 Ⅳ.① I206.2-53

中国版本图书馆 CIP 数据核字 (2021) 第 084155 号

**责任编辑：** 李　倩
**见习编辑：** 沈　玥
**策　划：** 程　娟　蔡雅婷

| | |
|---|---|
| 书　　名： | 诗文研习琐谈 |
| 著　　者： | 殷　敏 |
| 出版发行： | 古吴轩出版社 |

地址：苏州市八达街118号苏州新闻大厦30F　邮编：215123
电话：0512-65233679　　　　　传真：0512-65220750

| | |
|---|---|
| 出 版 人： | 尹剑峰 |
| 印　　刷： | 无锡市证券印刷有限公司 |
| 开　　本： | 880×1240　1/32 |
| 印　　张： | 4.75 |
| 字　　数： | 82千字 |
| 版　　次： | 2021年5月第1版　第1次印刷 |
| 书　　号： | ISBN 978-7-5546-1740-3 |
| 定　　价： | 40.00元 |

如有印装质量问题，请与售后联系。0512-87662766

# 自 序

余自少年起,即喜读诗文,每每沉浸其中,甚为怡悦。高中时遂选读文科,大学则选修汉语言文学专业。毕业后从事高中语文教学,迄今已逾三十载。回首过往岁月,上学及工作皆不离诗文,可谓多年为伴,终成老友矣。余于教学及闲暇时光,常执书卷,研习不辍。偶有所感,兴之所至,间或写下诗文赏析之类,既为自娱自乐,亦为用诸课堂,裨补业务。或有投稿而刊登者,更添一时之喜。人生苦短,转瞬垂暮,前尘已逝,焉有踪迹?偶尔翻出昔年刊物,重读旧时文字,不禁心有所动,且惊且叹,且喜且疑,此真余所撰耶?何乃粗拙可笑若此?然又念及古人有云"不悔少作",细品其中情怀,顿觉意味深长,于是有将此类文字稍加整理并结集付梓之意,而名之曰"诗文研习琐谈",以其乃读书教学之余琐屑随意语也。

是为序。

二〇二一年四月于锡惠之麓

## 目录/CONTENTS

001 无理而妙　反常出奇
　　——古典诗词艺术技巧琐谈（一）

008 以动衬静　造境奇绝
　　——古典诗词艺术技巧琐谈（二）

014 即景设喻　情景交融
　　——古典诗词艺术技巧琐谈（三）

022 化虚为实　真切形象
　　——古典诗词艺术技巧琐谈（四）

029 化美为媚　灵动惊艳
　　——古典诗词艺术技巧琐谈（五）

036 谐音双关　妙趣横生
　　——古典诗词艺术技巧琐谈（六）

043 明月清风总关情
　　——古典诗词意象鉴赏琐论

052 "鬼才"与现代诗
　　——李贺诗歌艺术管窥

070 合理想象，适意安居
　　——试论古诗鉴赏中的"自我"

079 从心所欲而不逾矩
　　——把握古诗解读过程中想象的"度"

086 进去出来，体悟品评
　　——如何避开古诗鉴赏题中的陷阱

092 抓住意象，引爆联想
　　——现代诗解读和欣赏琐论

098 沉默如诗
　　——赏析题为《沉默》的两首短诗

| | |
|---|---|
| 102 | 季节诗意 |
| | ——漫说诗人笔下的四季 |
| 109 | 航行于永恒的时空 |
| | ——赏析现代诗中"船"的意象 |
| 118 | 婉曲中的机智 |
| | ——历史散文人物语言艺术赏析 |
| 124 | 繁而有理,简则失神 |
| | ——略论繁笔的特点及运用规律 |
| 131 | 《警察和赞美诗》译文指瑕 |
| | ——兼谈文化词语在翻译中造成的问题 |
| 137 | "闲笔不闲"例说 |

# 无理而妙　反常出奇

——古典诗词艺术技巧琐谈（一）

清代贺裳《皱水轩词筌》有云："唐李益词曰：'嫁得瞿塘贾，朝朝误妾期。早知潮有信，嫁与弄潮儿。'子野《一丛花》末句云：'沉恨细思，不如桃杏，犹解嫁东风。'此皆无理而妙，吾亦不敢定为所见略同，然较之寒鸦数点，则略无痕迹矣。"开头说的李益词，是抒写闺怨的《江南曲》。词中模拟女主人公的口吻，说道："早知道潮水有信用，总是定期归来，我就嫁给那弄潮儿了！"（言下之意是：嫁给弄潮儿还能每年定期相见呢！）这话显然有悖常理，不合闺范，但看似无理的一时愤激之语，却自有一片天然率真之气。对商人丈夫常常耽误归期的极度不满，以及长期蓄积起来的焦躁怨恨之情,都通过这无理的话语发泄出来,确是情趣盎然,曲尽其妙,刻画出一个翘首盼望丈夫归来的怨妇形象。

贺裳提及的另一首词《一丛花令》,为宋代张先(字子野)的作品,全词如下:

伤高怀远几时穷?无物似情浓。
离愁正引千丝乱,更东陌、飞絮蒙蒙。
嘶骑渐遥,征尘不断,何处认郎踪?

双鸳池沼水溶溶,南北小桡通。
梯横画阁黄昏后,又还是、斜月帘栊。
沉恨细思,不如桃杏,犹解嫁东风。

词中抒写了一个女子跟情郎分别后的思念之情。她满怀愁绪,时而登高远眺,时而徘徊池边,时而举头望月,眼前景物无不引发她对往日缠绵情意的怀念追忆。最后,她在深重的离愁别恨中细细思量,终于领悟似的说道:"我竟不如那桃花、杏花,她们还懂得要嫁给东风。"女主人公为何会羡慕桃杏有幸能嫁给东风呢?乍一看似乎不合情理,但细想之下就领会到其中奥妙——东风总是一年一度按时归来,而女主人公所爱的人却迟迟不归,她是在抱怨自己怎么爱上了一个不回家的人。

痴情女子内心的无限怨恨，就这样通过无理之语曲折地表达出来。正如贺裳所言，此处写法和"早知潮有信，嫁与弄潮儿"确有异曲同工之妙。

贺裳所举两例，是作者在诗词中代人言，模拟女主人公愤激时的无理话语，曲折而巧妙地传达出她们内心的强烈情感。与此类似的"无理而妙"，古诗词中并不鲜见。比如李白的《子夜吴歌·秋歌》：

长安一片月，万户捣衣声。
秋风吹不尽，总是玉关情。
何日平胡虏，良人罢远征？

从末句可知，诗中主人公是一位思念征人的女子。在一个明月朗照、秋风吹拂的夜晚，长安城中回荡着千家万户的捣衣声。此时的女主人公满心忧虑，苦苦思念着远在边关的丈夫，她多么盼望早日平定胡虏，丈夫能平安归来，从此不再远征。其中"秋风吹不尽，总是玉关情"言语奇特，颇可寻味。人人皆知，秋风可以扫落叶，却不会吹动人类的情感，怎么能指望秋风吹尽"玉关情"呢？诗人用这看似无理的诗句，展现了思妇情感活动异常激烈的内心世界。试想，一阵阵带着凉意的秋风吹过，抚慰了人世多少忧伤的心灵，或许思妇也曾希望风儿能带走她的烦忧。然而,事实是秋风不断送来捣衣之声,使她不禁想到边关的苦寒,忍不住忧心忡忡:远征的丈夫能否得到寒衣呢?在她眼里,那阵阵秋风是恼人的,不仅没能吹走她的愁情,反而更加撩拨起深重的忧思。这样的诗句可谓无理而妙。现今诸如"秋风/这阵秋风/吹乱我的思绪/牵动我的情"(李志刚《秋风》歌词),"为什么一阵恼人的秋风/它把你的人/我的情/吹得一去无踪"(孙仪《恼人的秋风》歌词)之类,似乎都是这两句诗的翻新。

诗词创作中更多的情形是,诗人自己在内心十分激动的时候,真挚而强烈的情感往往以无理的语句表现出来,从而取得一种异乎寻常的艺术效果。例如,李煜的《清平乐》词:

> 别来春半,触目愁肠断。
> 砌下落梅如雪乱,拂了一身还满。
>
> 雁来音信无凭,路遥归梦难成。
> 离恨恰如春草,更行更远还生。

全词句句都写离情别绪,其中"路遥归梦难成"一句曲折别致,令人回味无穷。还家的梦能否做成,跟归路的远近毫无关系,这是一般生活常识。但作者却说由于路途遥远，连归梦都难以做成。这看似无理的词句，让读者想见远行之人内心的焦虑和无奈：因为事实上不可能回家，所以只希望能在梦中回家，可偏偏回家的梦也做不成，怎不使人恼恨？于是竟然忘了常识，认为是路程太远以致归梦难成。这样无理的想法，恰恰表现了极为急切深沉的思乡怀归之情，将天涯孤客抑郁悲凉的内心世界展露无遗。

古诗词中诸如此类的"无理"，只要仔细体味，就能感觉到其中妙处。再如，范仲淹的《苏幕遮》词：

碧云天，黄叶地。秋色连波，波上寒烟翠。
山映斜阳天接水，芳草无情，更在斜阳外。
黯乡魂，追旅思，夜夜除非，好梦留人睡。
明月楼高休独倚。酒入愁肠，化作相思泪。

这首词的上阕纯是写景，而把羁旅之思、怀乡之情都寄寓在所写景物之中，真可谓"一切景语皆情语"。下阕通过生动形象的描述，将"乡魂""旅思"表现得淋漓尽致，笔法曲折摇曳，抒情意味强烈。末尾的"酒入愁肠，化作相思泪"两句，乍看无理，实则大妙。从事理上讲，酒喝入肚中是不会化为眼泪的。但这无理的词句，让人仿佛看见作者因思乡怀远而愁肠百结、泪眼迷茫的形象——他本想借酒浇愁,却不料"举杯消愁愁更愁"——杯酒下肚以后,不仅没能消释胸中块垒,反而使得思念越发深重,于是,伤感的眼泪禁不住涌了出来。"莫不是那酒化作了相思泪。"这也许就是作者在那一刻的真切感觉,他无暇也无须去深入细想,而直接将之写入词中,就有了这"无理而妙"的句子。

其实,"无理而妙"的生动例子在许多文学作品中都存在。如元代王实甫的《西厢记》中有一段著名的曲词:

碧云天,黄花地,西风紧,北雁南飞。
晓来谁染霜林醉?总是离人泪。

其中"晓来谁染霜林醉?总是离人泪"两句,也曾被古人称为"无理而妙"。此处"霜林醉"是指秋天经霜的枫林变成了红色,这本是自然现象,不足为奇。然而,说是离别之人的眼泪染红了枫林,这就太奇怪了,无论从物理学或是生物学的角度看,都毫无道理可言。可是,在女主人公崔莺莺的主观感觉里,却是一种十分真切、鲜明的经验和印象:离别的早晨,抬眼看见霜林,忽然觉得那是被离人的眼泪一夜之间染红的。这两句曲词,细腻而传神地表现了崔莺莺送别张生时悲伤忧愁、缠绵悱恻的心理状态，婉曲而高妙。在董解元《西厢记》中也有这样几句："莫道男儿心如铁，君不见满川红叶，尽是离人眼中血！"这是张生的唱词，是强烈的抒情，不过相比而言，显得直白而缺少韵味。

综上，"无理而妙"是诗词创作中运用无理之语而体现艺术之妙的手法。所谓"无理"，是就一般情理而言的。其实，作品中那些看似违背常情常理的语句，反映的却是人们真实的心理活动和情感体验，读者可从中感受到那种激荡在心灵中的强烈情感。曹雪芹在《红楼梦》第四十八回中写香菱学诗，通过香菱之口谈学诗的体会，说道："据我看来，诗的好处，有口里说不出来的意思，想去却是逼真的；有似乎无理的，想去竟是有理有情的。"此为个中人语。从心理学角度讲，当人的情感达到一定强度时，认识和判断能力会减弱，理智渐渐丧失，乃至模糊了真假、对错、美丑、主客的界限，进入一种如梦似幻的心理状态，这时自然会有一些随意的联想、自由的想象，若用理性的眼光去看，当然是无理的。如果将这些无理的想法直接写入作品，有时不但不会妨碍诗意的表达，反而使诗中境界更为曲折和深远，从而产生一种意想不到的独特审美效果——这就是"无理而妙"了。

# 以动衬静　造境奇绝

## ——古典诗词艺术技巧琐谈（二）

人们形容寂静时，常常会说"静得一根针掉在地上都能听到""安静得连人们的心跳声都能听见"。以人能听到极轻微的响动来突出环境的寂静，就是以动衬静的手法。古代诗人也常用这一手法，为了创造一种幽静的意境，往往有意用一点响动来做反衬。像南朝梁代王籍《入若耶溪》中的名句"蝉噪林逾静，鸟鸣山更幽"，就是用鸟鸣蝉噪来反衬山林的幽静，意境神奇绝妙。到唐代时，这种手法已用得很普遍，像王维的"野花丛发好，谷鸟一声幽"（《过感化寺昙兴上人山院》），杜甫的"春山无伴独相求，伐木丁丁山更幽"（《题张氏隐居》），柳宗元的"鹤鸣楚山静，露白秋江晓"（《与崔策登西山》），等等。

特别值得一说的是，《唐诗纪事》中记载的有关"推敲"的故事，似乎也跟以动衬静的诗歌艺术相关。"鸟宿池边树，僧敲月下门"是贾岛《题李凝幽居》一诗中的名句。据说，贾岛到长安应举，一日骑驴上街，忽然吟得这两句诗，起初想用"推"字，后又想改为"敲"字，在驴背上反复做"推""敲"的手势，不觉冲撞了京兆尹韩愈的车骑，当即被捉拿质问。贾岛如实回答，述说了自己推敲用词难以决定的情形。韩愈驻马思考良久，对贾岛说："作'敲'字佳矣。"二人遂结为诗友。然而，记载中没有说明韩愈为什么认为用"敲"字好，于是引发了一段公案。其实，从动静的角度来赏析"鸟宿池边树，僧敲月下门"所描述的情景，正可看出用"敲"字的妙处。诗的开头两句"闲居少邻并，草径入荒园"，首先点明了李凝幽居环境的荒僻寂静。而月夜来访的僧人敲门而待主人应接，似比直接推门而入更合乎情理。静夜的敲门声显得格外响亮，也传得格外悠远，惊醒了池边树上的宿鸟，于是一阵骚动乱啼。否则，谁能在夜间轻易地发现树上静静栖宿的鸟儿？故而不用"敲"字，则"鸟宿池边树"一句令人莫名其妙，且呈现出一片死寂，了无生趣；一用"敲"字则境界全出，咚咚的敲门声和宿鸟的惊动声，正反衬出月夜的安谧和环境的幽静，引人无限遐思。

唐朝诗人中能自觉运用以动衬静手法的颇多，尤其值得关注的是有"诗佛"之称的王维。他在不少诗中创造了"静"的意境，而他那种以动衬静的手法，可谓出神入化，自然而然。在《酬张少府》一诗中王维有言："晚年惟好静，万事不关心。"一个"惟好"，可见他对"静"这一境界的热衷和追求。他所谓的"静"，既指外界环境的安静，也指内心情感的宁静，应是两者的和谐统一。学佛参禅的王维热切地向往着"静"，这种思想倾向在他的诗歌创作中有着充分的体现。

从王维一些脍炙人口的诗篇中，可以细细品味那种"静"的意境和以动衬静的妙用。先来看一看《鹿柴》：

空山不见人，但闻人语响。
返景入深林，复照青苔上。

体会一下诗中所写的环境，其特点可用"空"和"静"两个字来概括。由环境的"空"和"静"，又可体会到诗人内心的"空"和"静"。从某种意义上说，诗中描写的环境其实是诗人心境的外化。诗人内心的感受通过那些具体的景象而得以表达。"空"在首句"空山不见人"中就已点明,而"静"则浸透在全诗的字里行间。诗中虽没出现"静"这一字眼,但句句都在写"静",所谓"不著一字,尽得风流"。不见人影的空山,照入深林的日光,静默伏地的青苔,构成了一个空明静寂的世界,却又不显得死气沉沉。如此奇妙的诗境得以创造,还应归功于"但闻人语响"这一神来之笔。空山中偶尔传来的"人语响",恰恰反衬了山林的长久空寂,不仅没有破坏这里的"静",反而增添了"静"的内涵和意蕴。没有这一"响",诗中描写的不过是阒寂无人的荒山野林,然而有了这一"响",呈现眼前的便是宁静美好的人间仙境。王维对以动衬静手法的巧妙运用于此可见一斑。

再来读一读王维的《辛夷坞》:

木末芙蓉花,山中发红萼。
涧户寂无人,纷纷开且落。

乍一看,这首诗描写的是自然界的花开花落,那样地悄无声息,再寻常不过了。但深入体味,就会发现那花仿佛开落在诗人心上,花开有声,花落亦有声。那山中花儿开落的情景,应是诗人心境的外化吧,所以,山中的静就是诗人内心的静,花的寂寞就是诗人的寂寞。

沉静寂寞的诗人听到了花开花落的声音,并用他的生花妙笔把自己的感觉传递给读者。诗中画面显得幽静之极、寂寞之极,也生动之极。诗人是怎样把这画面写活的呢?一句"涧户寂无人",先写出整个环境的沉寂、静穆,在这大背景上,一丛红色的花儿纷纷开了又落了,真是有静有动,有色有声,画面顿时灵动起来,境界瞬间美妙无比。其实,花儿从开到落的过程是缓慢的,甚至是不易觉察的,"纷纷开且落"的情形不可能在短时间内看到。但这并不影响诗人做这样的描写,因为他是"我笔写我心",而且有意要用一用以动衬静的手法。

最后来品一品王维的《鸟鸣涧》:

人闲桂花落,夜静春山空。
月出惊山鸟,时鸣春涧中。

诗中创造了一种静谧的意境,这是一目了然的。前两句看似平平,实则意蕴深远,奠定了全诗基调。先是一个"闲"字,写出诗人内心的闲适宁静;然后一个"静"字,点明春夜山中的空旷、寂静。这两者浑然融合,相映成趣。诗人闲对落花,静静体味着春夜空山的静谧,内心一片空明、澄澈。此时此刻,他一定听到了花儿落下的声音吧。细小的桂花从枝上飘落下来,在夜间应是极轻微而不易察觉的迹象,诗人却敏锐地发现了,这使人不禁惊叹于空山环境的"静"和闲人心境的"静"。在此,诗人不露声色地运用了以动衬静的手法,可谓高妙奇绝。而后的"月出惊山鸟"一句,如暗夜中一道灵光闪现,令人陡然一惊。当明月出现在天宇时,那画面便越发地生动起来。可以想象,在春山月夜的一片静寂之中,时而传来的几声惊鸟啼鸣,在空荡荡的山谷间回响,显得分外清亮而悠长。置身其间,面对此情此景,怎不叫你感到一种让人灵魂出窍的"静"?——这就是以动衬静的艺术效果。

由以上几例看到,王维在其诗歌中运用以动衬静的艺术技巧几臻化境,堪称典范。从中也可体会到以动衬静的奥妙所在,并领悟一些道理。比如,写"静"不能一味着眼于"静",不是非得从"静"的方面下笔,有时,从"动"的角度入手,反而更能取得意想不到的奇妙效果。而用"动"来反衬"静"的时候,"动"总是偶尔的、轻微的、局部的,不至于破坏或颠覆整体的"静",也不会让人产生"闹"的感觉;这"动"只是给"静"增添了意蕴情致,使"静"的意境更加深远。

# 即景设喻　情景交融

## ——古典诗词艺术技巧琐谈（三）

即景设喻，就是诗人即兴从眼前的景物中选取喻体，创造出独特而别致的比喻句。这样的诗句往往情景交融，形象动人，有一种浑然天成之感，从中也体现出诗人的机智和才情。在古诗词中，即景设喻而又极为成功的例子，可谓比比皆是。

先看一首唐诗：

### 旅夜书怀

杜　甫

细草微风岸，危樯独夜舟。

星垂平野阔，月涌大江流。

名岂文章著，官因老病休。

飘飘何所似？天地一沙鸥。

诗的最后两句是即景设喻，"天地一沙鸥"应该是诗人眼前所见之景。旅途之夜，诗人独宿江边孤舟，面对寥廓江天，想起自己坎坷的命运和漂泊的处境，不禁悲从中来，百感交集，而眼前那只在江上飘飘而飞的沙鸥，是那样渺小、那样孤独，更是深深地触动了他的心灵。于是诗人十分感慨："四处飘零的我像什么呢？就像那天地间一只飘飞的沙鸥。"这既是抒情，也是写景，景和情如水乳一般融合，自然而然，即景设喻的妙处得以充分体现。试想，如果将"沙鸥"这一喻体换成"飞蓬""杨花""浮萍"等意象，虽然也能表达身世飘零之感，但却完全失了神韵，而有陈词滥调之嫌了。

再看一首宋词：

## 青玉案

贺　铸

凌波不过横塘路，但目送、芳尘去。
锦瑟华年谁与度？
月桥花院，琐窗朱户，只有春知处。

飞云冉冉蘅皋暮，彩笔新题断肠句。

> 试问闲愁都几许?
> 一川烟草,满城风絮,梅子黄时雨。

其中的"一川烟草,满城风絮,梅子黄时雨"是千古传诵的名句,也是著名的博喻。这几句最大的妙处也在即景设喻。前面"试问闲愁都几许"一句起引领的作用,此时词人想要抒情,道出他内心的无限闲愁。这"闲愁"总共有多少呢?他抬眼望去,满目是江南梅雨季节的迷茫景象:整个原野长满了青青小草,满城都是随风飘舞的柳絮,天地间弥漫着细丝般连绵不绝的黄梅雨。这情景本身就能让人生出无限怅惘和愁绪。词人觉得他的闲愁就像眼前的"烟草""风絮""梅雨"一样多啊!于是他接连用3个比喻来写闲愁之多,这是景语,也是情语,形象生动而感人至深。

其他还有"离恨恰如春草,更行更远还生"(李煜《清平乐》),"离愁渐远渐无穷,迢迢不断如春水"(欧阳修《踏莎行》),"日暮汀洲一望时,柔情不断如春水"(寇准《夜度娘》),"倚危亭,恨如芳草,萋萋刬尽还生"(秦观《八六子》)等句,有人赏析其中的"春草""春水""芳草"时,喜欢说它们既是喻象,又是景象,更是心象。从修辞角度看,词人通过比喻来抒情,而所选择的喻体是一种物象,故可称为喻象。因为这喻象就在词人眼前,是一种自然界的真实存在,所以又是景象。词中所写景象,寄寓着词人的情感意趣,是经由他们心灵创造而成的,因此更是心象。这一说法其实是解说了即景设喻所创造的艺术效果,而以上这些词句也都是即景设喻的典型。

唐宋诗词中即景设喻而趣味横生的句子,颇有一些值得品味欣赏的,下面拈出几例。

首先是刘禹锡的一首《竹枝词·山桃红花满上头》:

山桃红花满上头,蜀江春水拍山流。
花红易衰似郎意,水流无限似侬愁。

从内容看,这是一曲凄美的情歌。前两句描写蜀地春天优美的山水景色,是所谓的乐景,用来反衬将要抒发的愁情。"花红易衰似郎意,水流无限似侬愁"两句紧承前面的写景,通过形象鲜明的比喻来表现深沉、哀怨的情意,语言直白而生动感人,有着显著的民歌特色。这两句翻译成白话就是:那开得正红的桃花容易凋谢呵,就像哥哥的爱情转瞬即逝;那滔滔的江水流个不停呵,就像阿妹的忧愁无穷无尽。这两个比喻的妙处,不仅在于从眼前景物中信手拈来,毫无雕琢痕迹,还在于本体和喻体可以相互置换，而景和情也圆合无间，更添许多趣味。其中意思用民歌比兴手法可表达为：好花不常开，真情难永在；江水无尽流，愁绪终难排。刘禹锡用新颖别致的比喻表达了这层意思，如果说他的原句是借景抒情，那么把本体和喻体互相置换一下，变成"郎意易衰似花红，侬愁无限似水流"，就是直抒胸臆的味道了，但意思还是那点意思。

然后是唐代女诗人李冶的《明月夜留别》：

离人无语月无声，明月有光人有情。
别后相思人似月，云间水上到层城。

这首诗抒写相思之情，语言清新、质朴，手法生动别致。前两句叙事写景，景中有情，情景交融。第三句"别后相思人似月"如奇峰突起，令人耳目一新，它用的正是即景设喻的手法。前面的背景设置必不可少，试想这样的情景：明月无声，静静地将光辉洒满长天大地；月光下，一对有情人即将离别，彼此默默无语，内心情意绵绵。此般情景本来是人世间常有的，并不稀奇，而对于别后相思之情，不少诗中也多有描述，怎么写出新意呢？诗人突发奇想，让主人公表达心声：离别之后唯有彼此思念，多么希望自己像空中那一轮明月,能够照彻云间水上,直达情人所在的层城。这里用"月"来比喻"人",看似不经意,而着实有点新奇。按照常理,喻体和本体有相似之处,故可用来作比,但此处的"月"和"人"着实难找到相似点。那么,这一比喻怎能成立且令人感到奇妙呢?因为它表达了一种梦想——"人"梦想自己能像"月"一样——姑且称其为梦想式比喻。人之所以有这样的梦想,是因为明月高悬中天,普照寰宇,"云间水上到层城",处处都有明月光,照着你也照着我,有情人即使远隔天涯,也能望见同一轮月,使彼此心灵得到慰藉。试想如果自己就是那一轮月,能够追随着思念的人,那该有多好啊!当然,这只是一个梦想。

最后是周邦彦的一首《玉楼春》:

桃溪不作从容住,秋藕绝来无续处。
当时相候赤栏桥,今日独寻黄叶路。
烟中列岫青无数,雁背夕阳红欲暮。
人如风后入江云,情似雨余粘地絮。

这是一首抒写离情别绪的宋词,开篇用东汉刘晨、阮肇桃溪遇仙的典故,暗示词人曾有过一段神奇的爱情遇合,但没能跟意中人从容地长久相处,因而颇有追悔之意。接着写别后再无任何联系，欲重续旧情而不得，内心充满惋惜、遗憾和怅惘。三四两句以"当时相候"和"今日独寻"的情景作鲜明对比，用不同的时令景物，渲染了情人相会的喜悦甜蜜和别后永隔的孤独悲伤。然后宕开笔墨，写眼前之景：清秋时节，雨过天已放晴，远处烟霭中耸立着无数青翠的山峦；暮色渐起，雁阵掠过长空，夕阳的余晖映红了黯淡的雁背。最后的"人如风后入江云，情似雨余黏地絮"是全词的点睛之笔，接连用了两个比喻。有些论者认为，这两个比喻都不属那种即景取譬、自然天成的类型，而是刻意搜求、力图创新的结果，但由于它们生动、贴切地表达了词人的感情，读来便只觉其沉厚有力，而不感到有雕琢刻画的痕迹。可是笔者以为，这里还是即景设喻，而其高明之处也正在此。"风后入江云"和"雨余粘地絮"应是眼前所见之景物，词人触景生情，信手拈来，用作喻体。试想词人眼见江上之云随风飘移，不禁联想到自己与意中人别后漂泊不定的处境，于是生出人如风中之云的感慨。本来漫天飘飞的柳絮，在一场雨后全被打落在地，一个"粘"字，表现出柳絮落满泥地的情状，给人以一种湿漉漉的沉重之感，这跟词人阴郁的心情和浓重的思绪有着某些相似，于是就有了情似粘地之絮的比喻。如此这般来理解，顿觉满目灵动，情景交融，不也很自然巧妙吗？

　　通过以上几例，即景设喻的妙处已经看得很清楚了。其实，如果不是即景取譬设喻，比喻往往就不大高明，不是刻意搜求而留下雕琢的痕迹，就是因袭模仿而落入前人的窠臼。就拿白居易《长恨歌》中"在天愿作比翼鸟，在地愿为连理枝"两句来说，其中喻体不可能是即景取设、自然天成的东西，而是诗人匠心独运、精心剪裁的产物。这样的比喻在当时可能颇有些新鲜感，但后人要是动不动就用"比翼鸟""连理枝"来比喻恩爱夫妻或忠贞情侣，那就俗不可耐了。诚如英国唯美主义诗人王尔德所说："第一个用花比喻女人的是天才，第二个用花来比喻女人的是庸才，第三个用花来比喻女人的是蠢材。"而即景设喻，喻体往往新颖别致，出人意料，这样自然就可以避免落入俗套而招来被视为庸才、蠢材的讥嘲。

# 化虚为实　真切形象

## ——古典诗词艺术技巧琐谈（四）

人类的情感意念是看不见摸不着的，为了使之表达得鲜明、真切、具体、形象，古人常常运用化虚为实的手法。

古诗词创作中的化虚为实，有不少是通过比喻来实现的。例如："问君能有几多愁？恰似一江春水向东流"（李煜《虞美人》），"离恨恰如春草，更行更远还生"（李煜《清平乐》），"离愁渐远渐无穷，迢迢不断如春水"（欧阳修《踏莎行》），"试问闲愁都几许？一川烟草，满城风絮，梅子黄时雨"（贺铸《青玉案》）。这些词句都运用了比喻手法，且本体都是抽象的情感（"愁""离恨""离愁""闲情"），而喻体都是具体的景物。用具体的景物来比喻抽象的情感,就实现了化虚为实,使情感表达得生动形象,又往往有情景交融的效果。

也有一些化虚为实的写法,并不借助比喻,而同样显得生动形象,且巧妙得出人意料。下面具体赏析几例。

先看李煜的一首《相见欢》词:

无言独上西楼,月如钩。寂寞梧桐深院锁清秋。

剪不断,理还乱,是离愁。别是一番滋味在心头。

这首词是李煜在亡国之后被幽禁时所写的作品,他在字里行间表达的那种孤独、寂寞、凄凉、悲伤之感,恐怕是一般人难以体会的。其中"剪不断,理还乱,是离愁"几句历来为人所称道,这里就运用了化虚为实的手法。"离愁"是一种无形的内心情感,怎么能"剪"和"理"呢?可以想象一下,词人作为亡国之君,已经成了敌国的囚徒,可谓命悬一线,朝不保夕,且又远离了故国,远离了故人,远离了过去的君王生活……在他的主观感觉里,那满心离愁可能真的千丝万缕乱如麻,剪也不断,理了还乱。如果是这样的话,原本抽象的情感就具象化了。词人用"剪不断,理还乱"来形容自己的离愁，使读者真切地感受到他心里绵绵不绝的愁绪和难以化解的烦乱。

化虚为实的同时，若能做到情景交融，则表达效果更胜一筹。试看秦观的《踏莎行·郴州旅舍》：

雾失楼台，月迷津渡，桃源望断无寻处。
可堪孤馆闭春寒，杜鹃声里斜阳暮。

驿寄梅花，鱼传尺素，砌成此恨无重数。
郴江幸自绕郴山，为谁流下潇湘去。

秦观因遭逢新旧党争而屡次被贬，谪居偏远的郴州时，在旅舍写下这首词。当时作者接二连三地受到政治打击和迫害，被削去所有官爵和俸禄，他那极度痛苦的心情可想而知。词的上阕既写景状物，又叙事抒情，可谓寓情于景，情景交融。词人将内心情感投射在那一片迷茫凄凉的景物之上，于是在他笔下，景语都成了情语，从中可以体会到他的怅惘、孤寂和悲伤。下阕开头连用"驿寄梅花""鱼传尺素"两个典故，表示虽有亲友书信传送慰问，但不仅没能缓解自己的忧愁痛苦，反而使许多的"恨"在内心聚积起来。这种感受怎么来表达呢？词人忽地写出一句"砌成此恨无重数"。联系下句"郴江幸自绕郴山"来想象，大概是词人遥望群山，突发感想：心中那逐渐增多、越发沉重的"恨"，慢慢堆砌起来，就像眼前这重重山峦啊！积恨如山无重数，于是无形的"恨"顿时有了厚重的形体，不仅可以堆砌，而且可以点数，这真是化虚为实的神来之笔！一个"无重数"，把词人内心无限的愁苦、怨愤表现得形象生动，淋漓尽致，又跟周围层峦叠嶂的景象相契相合，可谓情景交融，极具艺术感染力。

再看李清照的《武陵春》一词：

风住尘香花已尽，日晚倦梳头。

物是人非事事休，欲语泪先流。

闻说双溪春尚好，也拟泛轻舟。

只恐双溪舴艋舟，载不动许多愁。

这是李清照避难金华时所作的一首词，那一年她五十多岁了。当时金兵南侵，宋朝面临灭亡，词人几经丧乱，亲爱的丈夫也已经病故。她孑然一身，无依无靠，在战火中漂泊流转，心情极为悲苦凄凉。面对暮春时节风吹花落的情景，词人内心充满了"物是人非事事休"的忧愁伤感，这首词的感情基调也由此定下了。词的末尾"只恐双溪舴艋舟，载不动许多愁"几句出语奇绝，令人惊叹。这是词人自道心迹：听说双溪春色还很美好，也曾打算去泛舟游赏，但转念一想，自己满心都是家国人生之愁，那溪流中的舴艋舟，恐怕承载不起我许许多多的忧愁啊！这看似不经意的一笔，其实是匠心独运，起了化虚为实的作用，使无形的"愁"不仅有了形体，而且有了重量，可以装载于小舟上了。然而，舟"轻"愁"重"，"只恐"二字，加上一个"载不动"，词人极力表达了自己愁情之多、之重，那种历尽乱离后忧伤悲戚的内心世界，鲜明形象地展现了出来。这里虽只是词人的一种想象，却同样有景有情，情景交融。

还有王实甫《西厢记》第四本第三折中的一曲【收尾】：

四围山色中，一鞭残照里。遍人间烦恼填胸臆，量这些大小车儿如何载得起？

这又是化虚为实且情景交融的典范。夕阳残照，群山苍茫，崔莺莺目送张生策马离去，心胸中仿佛充溢着人世间的所有烦恼，这种感觉怎么来表达呢？此时丫鬟红娘正催莺莺上车，于是莺莺就拿这车儿来说事："遍人间烦恼填胸臆，量这些大小车儿如何载得起？"句中的"大小车儿"即小小车儿，"大小"是偏义复词，偏指"小"。这两句曲词跟李清照的"只恐双溪舴艋舟，载不动许多愁"可谓异曲而同工。不过,李清照的词句是表达一种想象中的担忧,而这曲词则有借景抒情的意味。崔莺莺眼看心上人依依不舍地离去,将来前途未卜,不知能否再聚,她满心满怀的烦恼是多么沉重,于是在她的主观感觉里,那烦恼由虚而实,已然有了极大的重量,以致她担心自己乘坐的小车儿不能承受其重。在曲词中,小车儿是信手拈来的眼前一景,被借用来抒发女主人公心胸中的烦恼,此景此情,相融相合,一切都自然而然,无理却妙。

还有一种化虚为实,所写对象不是情感,而是一种无法触摸的事物,却也写得有如实体,可触可感,表情达意的效果极佳。且看唐代张九龄的《望月怀远》:

> 海上生明月,天涯共此时。
> 情人怨遥夜,竟夕起相思。
> 灭烛怜光满,披衣觉露滋。
> 不堪盈手赠,还寝梦佳期。

这首诗的题目点明了全诗主旨,即望见明月而怀想远人。"明月"这一意象贯穿了全诗,思念之情的传达和明月有着莫大的关系。诗中主人公长夜怀人,以明月为背景,其情感活动一定程度上是由明月引起的。他在月光下起卧不宁,辗转难眠,整夜忍受着相思之苦,最后他无奈地感叹道:不能将这满手月光赠送给远方的人,那就去梦中寻求美好的相会吧!"不堪盈手赠"一句突兀新奇,颇能传情。虽说月光如水,但月光毕竟不是水,没有水的质感,更无法用手捧起。可是诗人情不自禁,竟然想要捧起满手月光来赠人,这是在想象中将情感化虚为实了。看似荒谬的想法,呈现出来的是多么深挚的情感啊!

总而言之,古诗词中的化虚为实,大都是作者灵机一动的神来之笔,往往显得新颖、奇崛,不同凡响。这一手法的妙处在于化无形为有形,变抽象为具象,其主要作用是使情感意念表达得真切、形象,常可产生情景交融的效果,从而创造出一种独具特色、别开生面的诗歌意境。

# 化美为媚　灵动惊艳

## ——古典诗词艺术技巧琐谈（五）

莱辛在《拉奥孔》中指出："诗想在描绘物体美时能和艺术争胜，还可用另外一种方法，那就是化美为媚。媚就是在动态中的美。""它是一种一纵即逝而却令人百看不厌的美。它是飘来忽去的。因为我们回忆一种动态，比起回忆一种单纯的形状或颜色，一般要容易得多，也生动得多，所以在这一点上，媚比起美来，所产生的效果更强烈。"[①]莱辛的说法，让人不禁想起白居易《长恨歌》中"天生丽质难自弃，一朝选在君王侧。回眸一笑百媚生，六宫粉黛无颜色"几句，其中的"回眸一笑百媚生"可说是化美为媚的形象诠释。诗人没有具体描摹杨贵妃的"天生丽质"，只是写她回首之间，秋波流转，嫣然一笑，媚态百出，相形之下，那涂脂抹粉的六宫嫔妃便全都黯然失色了。"回眸一笑"这一瞬间的动态描写，令人浮想联翩，从而对杨贵妃的"媚"有了深刻印象。

在中国古代，虽然不曾有人明确提出"化美为媚"的说法，但许多诗人自觉或不自觉地运用这一方法来进行创作，因而在古典诗词中不乏这方面的佳作。

比如，《诗经·卫风·硕人》写春秋时代卫庄公夫人庄姜从齐国嫁到卫国时的盛况，其中有七句诗集中描述庄姜之美：

手如柔荑，肤如凝脂，
领如蝤蛴，齿如瓠犀，
螓首蛾眉，巧笑倩兮，美目盼兮。

前五句通过一连串比喻，先极写庄姜身上各部分的美：纤手白皙，像柔嫩的茅草芽；皮肤细腻，像凝固的脂膏；颈项颀长，像天牛的幼虫；牙齿洁白整齐，像葫芦子；螓儿（似蝉而小）一样的方额；蚕蛾触须一样的细眉。这样的描写确实具体而形象，不过都是局部的和静态的，即使合在一起，也还是给人以零碎之感，难以使所写人物栩栩如生。真正使这幅美人图生动起来的是最后两句——"巧笑倩兮，美目盼兮"，在动态中描写出一个笑靥如花、顾盼生辉的美人形象。她风情万种，媚态毕现，千载而下仍能使人想见其鲜活的笑貌。这就是化美为媚的功效。

再如，《孔雀东南飞》中对受逼临去的刘兰芝有这样一段描写：

鸡鸣外欲曙，新妇起严妆。
著我绣夹裙，事事四五通。
足下蹑丝履，头上玳瑁光。
腰若流纨素，耳著明月珰。
指如削葱根，口如含朱丹。
纤纤作细步，精妙世无双。

在这里，穿戴的华美和姿容的娇美相映生辉，刘兰芝的形象极为生动感人。这样一个美丽的少妇，由于婆婆的嫌恶、逼迫而不得不离开心爱的夫君，即将面对被休回娘家的难堪境遇，这不由得使人顿生怜爱和同情之心，并产生一种浓重的悲伤之感。作品极力描写兰芝的美丽，正是为了反衬她人生的悲惨。而其中的点睛之笔则是"纤纤作细步"一句。在被逐出夫家之时，兰芝心情的哀怨、复杂是可想而知的，而她竟做了这样精心的妆饰。绣花夹裙、丝绸女鞋、束腰纨素、玳瑁头饰、明珠耳坠，这些精美的服饰装点着她，映衬着她；像削尖的葱根一样纤细白嫩的手指，像含着朱砂似的红润小巧的嘴唇，又显现出她的天生丽质。这些美的因素集中在兰芝身上，却还不能给人以一个完整而生动的美好形象，因为以上描写基本上都是静态的、零碎的。只有当她轻轻迈着小步，袅袅婷婷地行进时，兰芝的形象才活起来，她的美才化为令人刻骨铭心的媚，惹人无限爱怜。这里的化美为媚，就是在动态中升华了兰芝的美。如果没有"纤纤作细步"做铺垫，恐怕是难以发出"精妙世无双"这终极一叹的。

又如，曹植在《美女篇》中塑造了一个美丽的采桑女子，借描述她难求贤夫、盛年独处的情形，含蓄地表达自己虽有才华却不得施展的感慨。诗的前半部分如此刻画这个女子的美丽形象：

> 美女妖且闲，采桑歧路间。
> 柔条纷冉冉，落叶何翩翩。
> 攘袖见素手，皓腕约金环。
> 头上金爵钗，腰佩翠琅玕。
> 明珠交玉体，珊瑚间木难。

> 罗衣何飘飘，轻裾随风还。
> 顾盼遗光彩，长啸气若兰。

因为《美女篇》不是写实之作，诗人写美女以自况，只是为了抒发怀才不遇之感，所以，美女的形象可能有所本，在现实中有原型，更可能纯粹是想象的产物，是诗人心中一个绝美的幻象。这个女子的美，诗人一开始概括为"妖且闲（姿态妖娆而举止文雅）"，差不多就是"媚"的意思吧。在随后的具体描写中，诗人十分注意在动态中表现采桑女的美，从而取得了化美为媚的效果。先是"柔条纷冉冉，落叶何翩翩"，明写桑树而暗写美女，由桑林间柔条纷披、落叶翩翩的景象，不难想象出采桑女缓缓行进、左摘右捋、姿态优美的身影。接着是"攘袖见素手，皓腕约金环"，一个动感十足的手部特写——那挽起的衣袖里露出的白净纤手，以及手腕上金光闪烁的手镯，让人顿时眼睛一亮。以下对美女身上饰物的描写，看似多为静态，实则均被赋予了动感，因为美女始终在采桑的行动过程中。腕上戴的金色手镯，头上插的雀形金钗，腰间挂的翠绿玉石，身上点缀的明亮珍珠、红色珊瑚和碧色珠宝，将美女映衬得分外娇媚妖娆。而最为精彩传神的是"罗衣何飘飘，轻裾随风还。顾盼遗光彩，长啸气若兰"四句，由于对衣服和神情做了动态描摹,采桑女的美被彻底化为了媚,从而产生一种非常强烈的视觉效果。你看,丝罗衣衫飘曳轻扬,轻薄襟袖随风旋舞,于是美女的婀娜身姿和轻盈步态便展露无遗了;顾盼之间流溢的照人光彩,长啸之时呼吐的芬芳气息,则使读者如见其人,如闻其声。那种灵动的美,不禁令人惊艳,为之倾倒。

最后,再欣赏李清照的一首词《浣溪沙·闺情》,看她怎样运用化美为媚的方法,把一个情窦初开的美丽少女写得媚态十足:

> 绣面芙蓉一笑开。
> 斜飞宝鸭衬香腮。
> 眼波才动被人猜。
>
> 一面风情深有韵,
> 半笺娇恨寄幽怀。
> 月移花影约重来。

上阕写少女与心上人幽会时的容貌神情,表现出令人讶异的动态之美。娇好的脸庞一笑之下仿佛荷花绽放,艳丽动人;斜插鬓边的鸭形宝钗作势欲飞,映衬着香艳的面颊;秋水般明澈的眼眸乍一转动,羞怯地掩藏着心中的秘密,惹人猜想。这是一个恋爱中的少女最为娇羞动人的瞬间情态，词人将其形诸笔端，于动态中展示了一种惊人的美。下阕写少女回到深闺后对心上人的思念和期待之情，生动而别致。看，少女把那份深情夹杂在娇嗔与幽怨之中，书写在半张信笺上，并约心上人再来相会。结句"月移花影约重来"富有诗情画意，引人无限遐想，很大程度上是得力于"月移花影"这化美为媚的一笔。试想，若是换成"花好月圆""花前月下"之类，大概意思也差不多，但却完全失了神韵，原因就在于它们都只是写花月的静态之美。而"月移花影"则表现了一种动态中的美，让人想到一幅活动的美好画面：明月朗照，缓缓移动于天空中；花影婆娑，轻轻摇曳在清辉里。此时有玉人双双，如约幽会，情意绵绵，海誓山盟……真是令人惊羡和难忘的一幕啊！

总之，虽然"化美为媚"一语没有出现在中国古代诗论中，但写人状物时尽力表现动态美，恐怕是古典诗词创作中的一个传统吧。以上对此做管窥，以期探得其中奥妙一二。

【注】① 莱辛.拉奥孔［M］.朱光潜，译.北京：人民文学出版社，1979:121.

# 谐音双关　妙趣横生

## ——古典诗词艺术技巧琐谈（六）

利用汉语中某些同音近音的字，通过"谐音双关"来含蓄巧妙地传情达意，在遥远的古代就形成了风尚，并在那时的诗歌中多有反映和体现。当"谐音双关"作为一种手法运用于诗歌创作时，往往可造就妙趣横生的艺术效果。

最为人熟知的一个例子是古人在离别时常常折柳相送。因为"柳"和"留"谐音，一段柳条即可含蓄地表达留恋之情，而"折柳"一词也渐渐含了惜别、思念之寓意。折柳送别时，还常吹笛唱歌，笛曲和歌词又每每跟"柳"相关。如北朝乐府《鼓角横吹曲》中的《折杨柳歌辞》，其歌词有云："上马不捉鞭，反折杨柳枝。蹀座吹长笛，愁杀行客儿。"这一笛曲名后来频频出现在唐人诗句中,如:"羌笛何须怨杨柳,春风不度玉门关"(王之涣《凉州词》),"笛中闻折柳,春色未曾看"(李白《塞下曲》),"此夜曲中闻折柳,何人不起故园情"(李白《春夜洛城闻笛》),等等。其中的"杨柳""折柳"都是指《折杨柳》这支曲子,诗人借之婉转、生动地表达了深重的思乡怀远之情。

折柳送别的习俗,甚至产生了这样一种影响,即文人骚客在描写离别情景时,往往有意突出"柳"的形象,以至创作出如此众多的含"柳"的名句。诸如:"年年柳色,灞陵伤别"(李白《忆秦娥》),"春风知别苦,不遣柳条青"(李白《劳劳亭》),"风吹柳花满店香,吴姬压酒唤客尝"(李白《金陵酒肆留别》),"渭城朝雨浥轻尘,客舍青青柳色新"(王维《送元二使安西》),"扬子江头杨柳春,杨花愁杀渡江人"(郑谷《淮上与友人别》),"花光浓烂柳轻明,酌酒花前送我行"(欧阳修《别滁》),"候馆梅残,溪桥柳细,草薰风暖摇征辔"(欧阳修《踏莎行》),"今宵酒醒何处?杨柳岸、晓风残月"(柳永《雨霖铃》),等等。

除"柳"之外,"莲"在古诗中也常被用来谐音双关。"莲"谐音"怜","怜"有爱怜、恋爱之意,于是恋歌情歌中往往出现"莲"这一字眼及形象。如南朝乐府民歌《西洲曲》有句云:"采莲南塘秋,莲花过人头;

低头弄莲子,莲子清如水。"这无疑是情歌,"莲子"谐音"怜子",即爱你;"莲子清如水"一句寓有"爱你之情,清纯如水"之意,含蓄而富妙趣。此类谐音双关的例子还有很多,如"雾露隐芙蓉,见莲不分明"(《子夜歌》)中"芙蓉"谐音"夫容"(夫之容颜),"见莲"谐音"见怜"(被爱);又如"乘月采芙蓉,夜夜得莲子"(《子夜夏歌》)中"芙蓉"谐音"夫容","莲子"谐音"怜子";再如"思欢久,不爱独枝莲,只惜同心藕"(《读曲歌》)中"莲"谐音"怜","藕"谐音"偶"(配偶)。这些诗歌都描写了年轻女子的爱情及婚姻生活。女主人公藏于心底、羞于直言的情思,通过谐音双关而委婉曲折地表露出来。

在南朝乐府民歌中,谐音双关已被广泛运用,并成为吴声、西曲的重要表现手法之一,这自然会对后世的诗歌创作产生深远影响。唐诗中就曾出现过一些模拟乐府诗而运用谐音双关的佳作,如晁采《子夜歌》中的"金针刺菡萏,夜夜得见莲"("见莲"双关"见怜"),"颦眉腊月露,愁杀未成霜"("成霜"双关"成双");又如温庭筠《新添声杨柳枝》中的"合欢桃核终堪恨,里许元来别有人"("别有人"双关"别有仁"),"井底点灯深烛伊,共郎长行莫围棋"("深烛伊"双关"深嘱伊","围棋"双关"违期")。唐人运用谐音双关且特别著名的作品,莫过于刘禹锡的《竹枝词·杨柳青青江水平》和李商隐的《无题·相见时难别亦难》,下面试做具体赏析。

刘禹锡所作《竹枝词》模仿民间情歌,描摹了一位少女在恋爱中微妙复杂的心思。其词曰:

> 杨柳青青江水平,闻郎江上踏歌声。
> 东边日出西边雨,道是无晴却有晴。

首句寓情于景,先展现了一幅春天来临时杨柳青青、江水漫涨的景象。为什么不选取其他景物,而要着重写那青青的杨柳呢?因为杨柳让人触景生情,想到离别,引发留恋、思念之意。这是写景,同时也是在写人、写情。读者可以想象出这样的画面:少女眼望着江边青青的杨柳,心里时时想着那个心仪的少年——分别已经有些时日了,不知道他有什么情况。就在这时,熟悉的歌声忽然从江上传来,少女立刻听出唱歌的"郎"正是自己心仪之人,她一阵惊喜,又有点慌张。随后两句,看似写景说事,其实是巧妙地刻画了少女的心理活动。其成功的关键,就在于运用谐音双关。"东边日出西边雨"是不多见的自然现象,之前少女一直在想心事,到这时候才发现,今日天气有点特别——说是晴天吧,西边仍然阴雨绵绵;说是雨天吧,东边已经阳光灿烂。这景象引发了少女的联想：那个"郎"的态度，多么像眼前晴雨不定的天气。他时而热情，时而阴沉，内心究竟是否对我有意？说他对我无意吧，眼下又分明感觉到他的情意。少女如此这般的心思，最后通过"道是无晴却有晴"一句来传达，这应是少女此时的心声。句中的两个"晴"谐音"情"，"无晴""有晴"双关"无情""有情"，因而这一句表面上是在说天气的阴晴，其实是曲折隐晦地表现了少女内心对爱情的一个判断，其中隐含着疑虑、猜测、盼望和喜悦等心理活动。

李商隐则在《无题》一诗中表现了一段刻骨铭心、至死不渝的人间深情。其诗曰：

相见时难别亦难，东风无力百花残。
春蚕到死丝方尽，蜡炬成灰泪始干。
晓镜但愁云鬓改，夜吟应觉月光寒。
蓬山此去无多路，青鸟殷勤为探看。

此诗虽称"无题"，然而首句即点明了全诗主旨。"相见时难别亦难"，先说两人相见很难，因而刚相见又要离别，心里更觉难上加难。两个"难"字，强调了这一"别"非同寻常，往下看便可知，那是生离死别，是从此可望而不可即。全诗要抒写的，正是那种时刻萦绕心头的离情别意。紧接着"东风无力百花残"一句,描写离别时的场景:正值暮春时节,叹惜"东风无力",又何尝不是感叹人类的无奈、无力——面临即将离别的无情现实,谁又能改变什么。而"百花残"的景象,又令人感伤美好事物的易逝,哀叹转瞬即逝的相见时光。这是以哀景写哀情,景物之中寄寓了无限悲伤之情。颔联忽然写到"春蚕"和"蜡炬",令人颇感突兀,这当然是类比隐喻,其中的深刻意蕴,不妨在读完全诗后,回头再来体会。颈联写离别后的情景:"晓镜但愁云鬓改"是说早晨揽镜自照,只为鬓发添霜而忧愁,形象地表达了随着时光流逝、年华老去而不断产生的惶恐苦闷;"夜吟应觉月光寒"则说夜间独自沉吟时,会觉得月光特别清冷,生动地展现了离别之后孤独凄凉的境况。尾联运用典故,以隐晦的笔法写出两人难以相见的现状。"蓬山此去无多路"表面意思是自己日夜思念的人住在"蓬山",相距并不遥远;然而"蓬山"是传说中的海上仙山,缥缈微茫,难以寻求,因而此处的"无多路"其实是一段无法逾越的距离,"蓬山"也是难以企及的地方。最后的"青鸟殷勤为探看",应是内心的一种热切期盼和深情呼唤。既然现实中两人难以再度相见,那就只能凭借幻想,请西王母的信使"青鸟"来传递音讯,代替自己去殷勤探望心上人,表达深切无比的思念之情。所以说,这是一段充满了绝望和悲伤的人间恋情，如此理解诗意是否恰当，又可同颔联相互参照印证。颔联究竟有何意蕴？"春蚕到死丝方尽"一句在诗中当然不止于字面的意思，其奥妙就在于"丝"和"思"是谐音双关，因而此句表面是说春蚕不停地吐丝直到死去，其实要表达的意思是：心中的思念之情绵绵不断地涌出，就像那春蚕吐丝一样，直到生命结束才会停止。这个意思表达得如此生动形象、含蓄巧妙，很大程度上应归功于对谐音双关这一手法的运用。"蜡炬成灰泪始干"一句同样是以隐喻的方式，配合上句的表达，让人由蜡炬流泪不止，直至燃尽的形象，联想到主人公因彻底绝望而不停地悲伤落泪直至死亡的结局。由此可见，李商隐的这首《无题》，虽然诗意确乎有点隐晦，但其中鲜明的形象、浓烈的情感，前呼后应，浑然一体，呈现出一种朦胧的美感，而其深邃的意蕴也并非完全不可捉摸。

通过以上两例赏析，可见谐音双关无疑是这两首诗歌名作中的一大亮点。正是谐音双关手法的巧妙运用，使得诗句含蓄蕴藉、曲折生动、妙趣横生，增添了许多艺术魅力，让读者回味无穷。

# 明月清风总关情

## ——古典诗词意象鉴赏琐论

自然界普通平常的明月、清风,在文人骚客的眼中,总是那样充满诗情画意,以至成为他们笔下的爱物。苏东坡《赤壁赋》中说"惟江上之清风,与山间之明月,耳得之而为声,目遇之而成色,取之无禁,用之不竭,是造物者之无尽藏也",其钟爱之情毫无掩饰,溢于言表。想那明月、清风本是无情之物,为何竟如此惹人怜爱?原因恐怕在于它们最能撩人情思,也最宜于寄托情思。于是乎明月、清风成了古典诗词中出现频率最高的意象。虽然欧阳修在《玉楼春》词中曾明言"人生自是有情痴,此恨不关风与月",然而,古往今来还是有无数诗人将浓情深致和风月紧密相连,创造出清丽绝妙的诗歌意象。让我们来品味和鉴赏这些"清风""明月"。

## 一、怡悦身心的风月

　　远在古代,那些高雅之士似乎就特别青睐明月清风。南朝有个叫谢谌的人,从不随便和人交往,家中也少有来客。有时独自喝醉了,就说:"入吾室者,但有清风;对吾饮者,唯当明月。"从这话中不难感觉到风月给其人身心带来的愉悦。对高士而言,明月清风能怡情悦性,当然值得亲近。久而久之,亲近风月也就成了清高脱俗的一种象征。

　　诗人的心灵是敏感的,当他们面对清风明月,会感受到怎样的欢愉呢?唐朝王维《酬张少府》一诗这样写道:

　　　　晚年惟好静,万事不关心。
　　　　自顾无长策,空知返旧林。
　　　　松风吹解带,山月照弹琴。
　　　　君问穷通理,渔歌入浦深。

　　诗人用赞赏的笔调来写隐逸生活和闲适情趣,其中的"松风""山月"两句最为精彩传神。你想,摆脱了现实生活的种种压力,迎着松林吹来的清风解带敞怀,对着山头高悬的明月独坐弹琴,多么舒心惬意啊!真得感谢风月营造了这样清新宜人的氛围。

另一位唐朝诗人司空曙,也在其《江村即事》中描写了风月带给人的怡悦,并创造出一种恬静美好的意境:

> 钓罢归来不系船,
> 江村月落正堪眠。
> 纵然一夜风吹去,
> 只在芦花浅水边。

在诗中,你能感觉到风月是那样地使人舒心惬意。前两句写深夜钓鱼归来,发现明月已经西斜,于是酣然入眠——"正堪"两字,写出月的可人。后两句写清风徐来,却不用担心钓船被吹走。船儿一夜任意漂荡,最终也只停在芦花浅水边——既照应首句的"不系船",又写出风的可心。

再看宋代黄庭坚在《鄂州南楼书事》一诗中如何描写风月:

> 四顾山光接水光,
> 凭栏十里芰荷香。
> 清风明月无人管,
> 并作南楼一味凉。

清风明月为诗人带来了什么？一个"凉"字意味深长——那是夏日人人追求的清凉之感，更是佛家所谓的"清凉"之境，即摆脱一切爱憎之念而达到的无烦恼境界。"无人管"的风月不仅令人欣悦，还关乎心性的修养。

## 二、撩拨情思的风月

在古典诗词中，明月、清风常常跟思乡、怀远联系在一起，这是因为明月照耀千里，清风吹拂万古，于是那些苦于时空阻隔的人们，就自然而然地把风月幻想成可以传递相思之情的媒介。此外，月的时圆时缺，也让人联想到人世间的聚散离合。在交通和通信极为不便的古代，人们对于故乡和离人的思念远比现代人来得强烈，故而风月也就更能时时撩拨人们的离愁别恨了。

描摹风月引发思念的诗篇可谓俯拾皆是，下面来看三首唐诗。

其一是李白的《子夜吴歌·秋歌》：

长安一片月，万户捣衣声。
秋风吹不尽，总是玉关情。
何日平胡虏，良人罢远征。

试想一下，那赶制征衣的思妇内心，正经受着明月、秋风怎样的撩拨：望月怀远，而远人不见；风吹云散，而愁思难消。如果没有这充满诗情画意的月和风做映衬，那么，捣衣女子思念玉关征人的无限深情，就显得平淡了许多。

其二是贾岛的《忆江上吴处士》：

闽国扬帆去，蟾蜍亏复团。
秋风生渭水，落叶满长安。
此地聚会夕，当时雷雨寒。
兰桡殊未返，消息海云端。

第二句中的"蟾蜍"是月的代称，从这一句可体会到诗人眼望着缺了又圆的明月，心里是多么惦念远去的友人。紧接着第三、四句写眼前秋风又起，落叶满地，景物的变换表明与友人分别日久，那秋风在诗人心头又增添了多少思念啊！

其三是孟郊的《古怨别》一诗：

飒飒秋风生，愁人怨离别。
含情两相向，欲语气先咽。
心曲千万端，悲来却难说。
别后唯所思，天涯共明月。

在这首诗中，风月又是怎样撩拨人们情思的呢？前两联写情人离别之际,偏生飒飒秋风,使人平添无限愁怨,以致气咽声吞,含情脉脉却欲语不能。后两联写纵有无数心曲,一时悲伤难诉,别后远隔天涯,唯有期望那一轮共仰的明月,来寄托彼此的思念之情。如此想来,那当年的月色怎么不撩人?

## 三、通达意趣的风月

在许多诗人的眼中笔下,清风、明月都被有意无意地人格化了,或者说在这些诗人的主观感觉里,风月本来就是通晓人意、知情识趣的,他们非常乐意将风月视作朋友。

你看唐朝诗人王维的《竹里馆》:

独坐幽篁里,弹琴复长啸。
深林人不知,明月来相照。

独坐幽篁深林,弹琴长啸却无人知晓,诗人内心的孤寂可想而知;当此之时竟猛然发现,一轮明月好像特意赶来照耀和相伴,这是多么令人欣慰和惊喜。在这里,明月俨然成了诗人的知音,彼此趣味相投啊!

再看温庭筠的《赠少年》:

江海相逢客恨多,

秋风叶下洞庭波。
酒酣夜别淮阴市，
月照高楼一曲歌。

诗人他乡遇友人，正为落魄江湖而苦恼怨恨，秋风就吹落木叶，掀起波浪，似乎颇有同感；诗人同友人痛饮高楼，放歌一曲，以壮志共勉，明月便始终陪伴在旁，以清辉相映照。如此说来，这风月岂非诗人的知心好友？

还有宋代王安石《泊船瓜洲》中的名句：

春风又绿江南岸，
明月何时照我还？

两句诗给人以一种强烈的感觉，那就是春风有意，明月有情。前者吹绿江南岸，为诗人呈上一片勃勃生机；后者朗照乾坤，引得诗人不禁发问：明月啊，你何时能伴我归隐故乡？这是诗人和风月之间的一次心灵对话。

## 四、寄托衷曲的风月

明月、清风自身的特点，使想象力异常丰富的诗人产生种种美妙的遐思。他们经常把内心的情感寄托于风月，甚至幻想借助风月来超脱现实，达成凡人无法做到的一些事情。诸如此类的奇思妙想，在古诗词中并不少见。

比如李白在《闻王昌龄左迁龙标遥有此寄》中写道：

> 杨花落尽子规啼，
> 闻道龙标过五溪。
> 我寄愁心与明月，
> 随风直到夜郎西。

友人遭贬谪了，诗人内心充满思念和关切，然而人隔两地，难以相随，于是只有将"愁心"寄托给明月，让它随风飘到友人的身边，这是多么奇妙的想法啊！

再如晚唐诗人韦庄的《送日本国僧敬龙归》：

> 扶桑已在渺茫中，
> 家在扶桑东更东。
> 此去与师谁共到？
> 一船明月一帆风。

在诗人的想象里，友人渡海回家途中始终有"一船明月一帆风"相伴，那景象富有诗情画意，那旅程时刻有真挚的友情相随。谁都知道，在那"明月"和"风"中，寄寓着诗人深切美好的祝愿。

又如，南宋辛弃疾在中秋夜为友人所作《太常引》词：

> 一轮秋影转金波，
> 飞镜又重磨。
> 把酒问姮娥：
> 被白发、欺人奈何？
>
> 乘风好去，
> 长空万里，
> 直下看山河。
> 斫去桂婆娑，
> 人道是、清光更多！

先写明月当空的美好景象，词人在仰望中浮想联翩，竟把月宫里的姮娥（嫦娥）当作倾诉对象，感慨自己年华老去，表达了壮志难酬的无奈和愤懑。接着词人又想象自己乘风而上，在万里长空中俯瞰大好河山，竟想到要斫去月亮上婆娑的桂树，为了让更多的清光洒向人间。这很可能是一个隐喻，词人由此抒发了扫除一切黑暗、把光明带给世界的豪情。从词中可看到，风月激发了词人的想象力，而词人又借风月巧妙地寄托了幽深的情怀。

# "鬼才"与现代诗

## ——李贺诗歌艺术管窥

继李白、杜甫之后,在中唐诗坛上又出现了群星璀璨的局面。李贺像一颗耀眼的流星,划过夜空后陨落了。他只活了二十七岁,留下诗歌二百四十余篇。

## 一

李贺的生命虽然短暂,但其诗作却因风格奇特,千百年来给人们留下了极为深刻的印象。

李贺的诗歌文字上有艰深、奥僻之嫌,艺术上又独具一格,且常向幽冷凄清中去寻求诗的境界,好用"鬼""泣""死""血"等字眼,给人以沉闷、阴森的感觉,所以,"难懂"便成了李贺诗歌的一大特点,李贺也因此获得了"鬼才"的称号。然而作为一件真实的艺术品,李贺诗歌的"难懂",与我们通常所说的"不可解"或逻辑上的"不通"不是一回事。诚然,它在文字上有些晦涩,但主要的还是艺术上的"难懂"。这种"难懂"问题,现代诗中同样存在。事实上,李贺的诗歌在风格和技巧方面与现代诗有着许多相似之处,难怪余光中在他的论文《象牙塔到白玉楼》中说:"真的,十一个世纪以前的李贺,在好几个方面,都可以说是一位生得太早的现代诗人。如果他生活在二十世纪的中国,则他必然也写现代诗。他的难懂,他的超现实主义和意象主义的风格,和现代诗是呼吸于同一种气候的。"他认为,李贺"受了散文反骈诗体避律的影响,学习楚辞以降以至李白、韩愈所发展的'自由诗',且在乐府古风之中创造出十分独特的形式","李贺的呕心之作大半能做到浓缩、坚实、明朗的程度。他很能把握物体的质感和官能的经验,不但他的诗风晶冷钻坚,铿锵作金石声,即连他的字汇和隐喻(metaphor)也硬凝如雕塑品"。"最重要的一点,是李贺诗中那种伸手可触的突出纸面的意象。"(《文星》1964年2月11日)关于李贺的这种诗风,钱锺书的《谈艺录》中也有类似的看法,他说:"长吉赋物,使之坚,使之锐,余既拈出矣。"

李贺的大部分诗歌比较讲究想象的奔放、意象的优美及音韵的和谐,总是以鲜明可感的形象,竭力表现独特的自我感受,因此,有人就说李贺是象征主义诗人,甚至明确指出他与法国的波德莱尔、魏尔伦一样。这种观点显然有些偏颇。但是我们也应当看到,李贺的诗歌创作风格和象征主义的艺术主张确实有许多相通之处。象征主义者强调用有物质感的形象,通过暗示、烘托、对比和联想的方法来表现内心瞬间的感情,使"可见的世界不再是一个现实,而不可见的世界不再是一个梦境",即寄物抒情,由此及彼,通过富于创造力的想象,借某一客观实体来表达深刻的寓意。这也正是李贺诗歌创作的一大特点。

毫无疑问,李贺是一个才华卓越的诗人,他在诗歌领域中确实取得了杰出的成就,他那鲜明的创作个性和奇特的创作方法,决定了他是"一位生得太早的现代诗人"(余光中)。下面就李贺的创作个性和诗歌技巧进行一些探讨和分析,并和现代诗艺术做相应的比较。

二

对李贺的诗歌创作个性进行探索,不可避免地会涉及李贺的生活经历和精神气质，因为这些是构成创作个性的主要内容。一个诗人的作品总是跟他的精神气质和生活经历分不开。当然，诗人写诗如果只靠个人的精神气质和生活经历，不靠想象、联想和虚构，不经过分析、综合、提炼和升华的复杂过程，那么写出来的东西就不能成为真正的艺术品。换言之，诗人本身所具备的这些东西，只是诗歌创作的基础和根本，是产生艺术品的源泉。

李贺生于中唐时期，一生坎坷困顿，很不得意，只做过奉礼郎这类卑官。在短短的一生中，李贺备受迫害，颠沛流离，加之他所处社会的阶级矛盾、民族矛盾十分尖锐，作为"唐诸王孙"的李贺，面对着唐王朝日益衰微、自身遭际坎坷的现实，思想感情是十分复杂的。当时的特定环境（社会的黑暗沉闷、家境的贫困以及仕途的坎坷等），使体质虚弱的诗人养成了自己独特的个性，感官敏锐，情绪易于激动。同时，由于气质内向而更耽于幻想，由于长期坎坷而趋于消沉，结果只能在呕心沥血的艺术创作中"咀嚼自己的痛苦"，把自己的"全部创造力、诗才和辞藻都集中在这个创口上，借着这种生命力使身心陷入不可救药的病势"（见《歌德自传》）。同许多现代诗人一样，李贺凭借敏锐的感觉、自由的思辨及丰富的想象，创造了一个个奇妙瑰丽的艺术形象，竭力表现强烈而独特的内心感受，给作品抹上了一层浓重的主观色彩。他时而慷慨激昂，时而低回哀叹；他时而是清醒的剖析现实的哲人，时而是狂热地及时行乐的厌世者；他时而唱着歌颂人生的赞美诗，时而发出憎恶社会的詈骂声。这一切都交织在李贺的诗歌中。

李贺善于捕捉大自然的一刹那间的变幻，并用灵巧的笔触把它积聚、概括起来，按照内心要求的规律，通过大胆的想象，重新创造一个意境很美的世界，来表达自己的种种感受和情绪。唐代另一著名诗人李商隐曾经根据李贺姐姐的叙述，对李贺如何从事创作的情况做过一个生动的描述，他说，李贺"每旦日出与诸公游，未尝得题然后为诗，如他人思量牵合以及程限为意。恒从小奚奴，骑距驴，背一古破锦囊，遇有所得，即书投囊中。及暮归，太夫人使婢受囊出之，见所书多，辄曰：'是儿要当呕出心乃已尔！'上灯，与食，长吉从婢取书，研墨叠纸足成之，投他囊中。非大醉及吊丧日率如此，过亦不复省"（《李长吉小传》）。由此可见，李贺在写诗之前并不确定题目，当其在驴背上动手写作诗句时，也并不是按照一定题目的范围来构思的。换言之，他并不是先有了主题，再按照主题去写诗和塑造形象，而是先有了若干诗句，然后把这些诗句加以组织、修改和补充，成为一首完整的诗。如此看来，诗人是使他自己沉浸在创作的激情和冲动里，从物象中寻求真切而独特的主观感受并加以表现的。这样，李贺从生活中取得形象直至诗篇写成的整个过程，就是形象在他脑子中不断地丰富、发展到最终完成的过程，亦即典型化的过程。在这个过程中，不必要也不可能存在一个把形象变成概念，再把概念变成形象的阶段，更没有任何主题先行的迹象。李贺没有遵循"表象—概念—表象"的创作程序，而是严格地运用了形象思维。这种形象思维不但跟逻辑思维同样需要接受一定的世界观的指导，同样需要达到理性认识的阶段，而且必须植根于诗人对现实生活的深切感受，饱含着诗人自己的强烈感情。李贺诗歌艺术的特色，正是大胆地把诗人感受到的独特形象直接表现在诗里，因而带上强烈的主观色彩。

　　总而言之，李贺在诗歌创作中摈弃了抽象化、概念化的表达方法，一切都通过丰富多彩的艺术形象来表现，从而使他的诗歌具有强烈的艺术感染力。这些是李贺主要的诗歌创作个性。当然，唐代诗坛有利于诗人充分发展个性的土壤也培育了李贺，使他得以一吐为快，脱颖而出，获得了"骇夫观听"、流传千古的"鬼才"之称。

## 三

李贺是诗史上一位奇特的"鬼才"，其诗歌艺术历来有"奇而入怪""失于少理""虚荒诞幻"等讥评。即使与李贺交往最密的杜牧，"犹以为殊不能知也"。其《李长吉歌诗叙》也说："求取情状，离绝远去笔墨畦径间。"其实，李贺诗歌中所谓奇特、欠理、难懂之处，正体现了诗人对诗歌创作的一些重要表现手法的大胆探索。这些手法后来大量运用于现代诗创作，不知现代诗人是借鉴了前人的成就，还是与前人不谋而合，或者兼而有之？

李贺诗歌中奇特的表现手法，概括起来主要有以下三种：通感、曲喻和意象叠加。下面试对这三种手法逐一分析。

（一）通感

通感，也有人称之为"感觉移借"，就是由一种感觉引发，并超越了这种感觉的局限，使人领会到另一种感觉，即感觉相互沟通、转化的现象。这种现象反映在绘画、音乐上，不但有冷暖色、大小调之说，各种色彩和音调甚至可以和特定的情绪建立相应关系。通感在诗歌创作中,表现为艺术形象所引起的各种官感,常常在诗人特殊的主观感受里统一起来,使之表现得格外鲜明真切。李贺是一个强调抒发主观感受的诗人,他竭力表现内心感受的欲望促使他大胆地将通感写入诗中。在长期的创作实践中,李贺逐渐掌握了通感手法,并运用这种手法写出了许多奇妙生动的诗句。例如《南山田中行》中"冷红泣露娇啼色"一句,竟两次连用了通感手法。"冷红"是以触觉写视觉,"娇啼色"是以听觉写视觉。又如《金铜仙人辞汉歌》中的诗句"东关酸风射眸子",其中"酸风"是以味觉写触觉。还有"海绡红文香清浅"(《秦王饮酒》)、"愁红独自垂"(《黄头郎》)、"松柏愁香涩"(《王濬墓下作》)、"苦风吹朔寒"(《感讽六首·其二》)等,都是通感句。在当时,通感这种艺术手法并不为人所理解。后代有些评论家才模模糊糊地发现了一些端倪。吴景旭在《历代诗话》中举出了一些实际是运用通感手法的诗句,其中就有李贺的"依微香雨青氛氲"(《河南府试十二月乐词·四月》),可除了说几声"妙"之外,就再也说不出什么道理来了。更有直斥这种诗句为"奇诡""费解"者,恐怕就是李贺被戴上"欠理"的帽子达千年之久的重要原因之一吧。

理解了李贺对通感这一手法的运用,他诗歌中一些难懂的句子也就可以解读了。如《神弦》中有这样两句诗:"女巫浇酒云满空,玉炉炭火香冬冬。"有的注家不知道有通感,于是只好说:"冬冬,鼓声,然与上五字不合,疑有讹文。"(王琦《李长吉歌诗汇解》卷四)其实,在这里李贺又一次施展了通感的魔力。这两句诗描写了一个充满神秘气氛的迎神场面:眼前摇曳的香火,使诗人仿佛听到了咚咚的鼓声,于是香火与鼓声互相缭绕,在同一个节奏下跃动。这是诗人在那种特定环境里所产生的恍恍惚惚的内心感觉。再如《恼公》中的诗句"歌声春草露","歌声"和"春草露"这两个似乎不相关的事物怎么能连在一起呢?有的论者认为这是诗人联想的一种蝉蜕式的跳跃。即把歌声比作珠子声,这是第一层;然后又由珠子联想到露珠,这是第二层;再由此联想到春草上露珠的光洁晶莹、圆润自如,这是第三层;最后才将光洁晶莹、圆润自如的事物特性和歌声联结起来。这种推理虽然也说得通,但终究有穿凿附会之嫌,不如直指其为通感。据说大音乐家贝多芬能在柔和、舒缓的交响曲中,看到潺潺的溪水和绿色草地上蠕动的羊群。同样,诗人李贺是在清脆、圆润的歌声中看到了春草上的露珠,并把这种感觉移借入他的诗中,于是便有了"歌声春草露"这类诗句。

通感手法的运用最早可以追溯到古希腊的诗人荷马,在《荷马史诗》中就有这样的诗句:"树上的知了泼泻下来百合花似的声音。"什么是百合花似的声音?它难为了许多翻译家及其习惯的欣赏心理。实际上,这是运用了通感手法,把属于听觉的知了的叫声转化成了视觉——鲜艳的百合花,从而在两个感觉领域(听觉和视觉)一齐刺激读者的感应力。随着近代心理学研究的进展和诗歌这种艺术的不断演化,通感手法被越来越多的中外诗人所重视。通感句如同璀璨的星辰,缀满诗的天空。有的诗人写道:"山歌从河边升起,像孩子手里徐放的风筝。"(安谧)又有诗人写道:"我躺在那里,咀嚼着太阳的香味。"(戴望舒)还有诗人写道:"一伙星星像小鸡似的叽叽喳喳。"([意大利]巴斯古立)更有诗人写道:"歌声像草叶上的露珠滚圆。"(莎红)这几乎可以看作是对李贺"歌声春草露"一句的挪用。

在我国浩如星河的古典诗歌中,有着相当多的运用通感手法写成的诗句。如李白的"瑶台雪花数千点,片片吹落春风香"(《酬殷明佐见赠五云裘歌》),杜甫的"春风花鸟香"(《绝句》),王维的"色静深松里"(《过青溪水》),贾岛的"促织声尖尖似针"(《客思》),等等。可见,通感手法也不是李贺首创或独有的。然而李贺对通感手法的运用,无论在数量上还是在大胆突兀上,都是最突出的,这体现了诗人独到的艺术功力。

(二)曲喻

现代著名学者钱锺书在他的《谈艺录》中说,李长吉"比喻之法,尚有曲折。夫二物相似,故以此喻彼,然彼此相似,只在一端,非为全体"。"长吉乃往往以一端相似,推而及之于初不相似之他端。余论昌谷诗引申《翻译名义集》所谓,雪山似象,可长尾牙,满月似面,平添眉目者也。"这就是曲喻,再说明白些,就是以此物与彼物相似的一面作比,然后从喻体形象出发,进一步发挥诗人奇特的想象,从而写出与本体形象毫不相似或其无力做到的一面。李贺对曲喻这一手法的大胆探索和运用,表现了他的创新精神。这在当时确实是匠心独运的,人们不能理解,于是纷纷责难李贺。到了现代,钱锺书为李贺抱不平,他说:"古人病长吉好奇无理,不可解会,是盖知有木义而未识锯义耳。"(《谈艺录·长吉曲喻》)

李贺用曲喻创作的诗句颇多,在《梦天》中有这样的诗句,"玉轮轧露湿团光",诗人用玉轮比喻月亮,用露珠比喻星星。本来"轧"(碾压)这个动作是月亮这个本体没有能力做出的，但喻体"玉轮"具有这种性能，所以月亮竟也能有"轧"的动作了。同样，星星作为一种凝固的物体，不能做出"湿"（诗中作动词用）这个动作，但它的喻体"露（珠）"具有"湿"这个特性，所以它竟也能弄湿玉轮了。这是多么生动形象的比喻，诗人竟幻想出这样一幅神奇美妙的景象：月亮像光辉皎洁的玉轮，从繁星点缀的夜空滚过时被沾湿了。再如《秦王饮酒》中的诗句"羲和敲日玻璃声"，以玻璃比喻太阳，是因为它们都很光亮；而且敲玻璃会发出声响，于是诗人推想"敲日"也会有声响。

其他还有"银浦流云学水声"（《天上谣》）、"劫灰飞尽古今平"（《秦王饮酒》）、"春风吹鬓影"（《咏怀二首·其一》）、"石涧冻波声"（《自昌谷到洛后门》）等诗句，都运用了曲喻。在诗人李贺的想象中，天上银河里的流云似流水，因而也发出流水之声；劫灰飞尽，平铺大地，而古今之事皆如劫灰，最终尘埃落定，平息于地；春风吹动鬓发，那如同鬓发的影子，也一起被吹动；天气转寒，石涧波声如同流水，竟然也被冻结成冰。这种似乎有些异想天开的创作手法，使诗中的艺术形象显得有声有色，异常灵动，更富于立体感和动态美。

曲喻是现代诗创作中的一种重要手法。在一首题为《她》的诗中，诗人写道："她温柔的话像只小手，轻轻拂去了他心中的悲伤。她动情的歌声如同一串珠子，在没有月亮的夜晚闪闪发光。"这里，"拂"这个动作是本体"话语"所不能做出的，但诗人运用了曲喻这种艺术手法，用"手"作桥梁，连接"话语"和"拂"这个动作。同样，让"歌声"在"夜晚闪闪发光"，也是曲喻的魔力。在这中间"珠子"起了媒介作用，使"歌声"和"闪闪发光"能够联结起来。

作为现代诗重要创作手法的曲喻，李贺在一千多年前就开始大量运用了。这不是一种巧合，而是李贺在诗歌艺术上努力探索和创新的结果。从某种意义上说，李贺在很早以前，就为现代诗创作艺术开辟了一条新路。

（三）意象叠加

意象叠加也称"意象复合"，即把两个意象不加评论地放在一起，使它们产生一种新的效果。这个说法出自西方20世纪初产生的所谓意象派。在休姆翻译的柏格森的《形而上学入门》中，有一段颇能给人启迪的话："许多不同的意象，借自迥然不同事物的秩序，凭着它们行为的聚集性，可以给某种本能要被捕捉住的一点引来意识。"所谓意象叠加，也可以这样认为，就是当诗人进行创作时，全部身心都沉浸在感觉里，想象活动极为丰富和自由，这时，某些形象与形象之间虽然并不一定存在必然的逻辑关系，但往往随着诗人的情绪而时隐时现，错综复杂，互相叠加。如意象派公认的压卷之作——庞德的《地铁车站》里，诗人就运用了意象叠加的技巧。全诗仅两行："熙熙攘攘的人群中这美丽脸庞的骤现，湿漉漉的乌黑树枝上的鲜艳花瓣。"这是一幅复合的画面。底层是熙熙攘攘的人群和潮湿乌黑的树枝，突然，一道灵光闪现——叠映上一张美丽的脸庞和一片鲜艳的花瓣。这正是庞德在地铁站上观察时，头脑中产生的那种光怪陆离、一瞬即逝的意象。这样的画面使人不由得眼花缭乱，神思飞越，产生一种惝恍迷离的感觉，从而体会到诗人那种似乎在感叹现代生活中美好事物易逝的情绪。

据说，近代这种意象叠加的说法，还是受了中国古典诗歌的启发，国外甚至有人称意象派为"中国龙"。诚然，中国古典诗歌的传统之一，就是在凝练、简约之中表现出较大幅度的跳跃性，每一句似乎都把解释性、联系性的东西砍掉了。然而，中国古典诗歌的这种跳跃性，在很大程度上是由它那种演进的格律所造成的，就好像戴着沉重的镣铐跳舞，而不得不省去那些非主要的动作。一般来说，在中国古典诗歌中，两个形象之间虽然呈现出一定的跳跃性，但其联系还是较紧密的，换言之，这种跳跃只是诗人想把两个相关的形象放在一起，而又迫于诗律，只得把其间关联性的东西省去而造成的。意象叠加则不同，它是诗人把两个同时感觉到的似乎不相关的形象，不加分析地叠映在一起，这样，形象的跳跃性就更大了，乍一看似乎毫无道理。再者，在中国古典诗歌中，虽有一些类似意象叠加的手法，但诗人并未认识到，更没有加以总结且有意识地在诗歌创作中运用。

李贺可以说是个例外。他对意象叠加手法的运用是有意识的，数量也较多，而且创作出来的诗句在技巧上和意象派诗人的作品极为相似，如出一辙。比如，《帝子歌》里有两句诗："洞庭帝子一千里，凉风雁啼天在水。"初看似乎不可理解，"帝子"和"一千里"有何关系？怎么能联结在一起？于是有人便认为"帝子"二字必误，推测可能是"秋色"二字，又有人想改为"明月"二字。这样一改，似乎可以顺理成章，符合中国古典诗歌传统的塑造和安排形象的结构。然而，把"帝子"这个主要形象砍掉，是违背李贺本意的。其实，李贺在这里正是运用了意象叠加的技巧，取意于《楚辞·湘夫人》，描绘出这样一幅图景：烟波浩荡的洞庭湖上，倒映着辽阔的楚天；秋风萧瑟的苍穹下，徘徊着悲鸣的大雁。在这个背景上，再叠映帝子缥缈、哀怨的形象。这种复合起来的立体画面，生动可感地传达了那种"帝子降兮北渚，目眇眇兮愁予"的意境。再如，《老夫采玉歌》中的诗句"杜鹃口血老夫泪"，在这里，采玉老汉涕泪纵横的面部和因啼叫不止而口中流血的杜鹃，这两个看似不相关的形象交映迭现，将老汉凄苦的心情表达得淋漓尽致，感人至深。其他还有"复宫深殿竹风起，新翠舞衿净如水"（《河南府试十二月乐词并闰月·三月》）、"桐风惊心壮士苦，衰灯络纬啼寒素"（《秋来》）、"花枝草蔓眼中开，小白长红越女腮"（《南园十三首·其一》）等诗句，如果从意象叠加的角度来分析，不是更可以嚼出一些浓郁的诗味来吗？

　　李贺对意象叠加技巧的运用，还表现在他创作同一首诗歌时，不断转动观察点而使时空和人称错综交织。比如，李贺"鬼诗"的代表作《苏小小墓》："幽兰露，如啼眼。无物结同心，烟花不堪剪。草如茵，松如盖。风为裳，水为佩。油壁车，夕相待。冷翠烛，劳光彩。西陵下，风吹雨。"第一句描写凄凉的墓地景象；第二句是女鬼的自白：追忆往昔的繁华和欢娱，感叹眼下的孤寂和悲哀；第三句又回到墓地情景；第四句忽然出现女鬼的形象；第五句楔入女鬼生前的情景：香车，夕夕相待；第六句回到墓前：鬼火明灭，冷落不堪；末句幻想女鬼满怀凄苦，在风雨中渐渐隐去。在这里，诗人以墓地那种幽暗、荒凉的景象为背景，把主人公生前死后的情景杂乱地一幅幅叠映上去，就好像画家在一种灰暗的底色上，随意地涂抹自己所能想到的有关图像。这样写的结果，使诗中时空交错，界限泯灭，境界频移，给人一种艳丽凄清、怪诞奇幻的感觉。这正是李贺所寻求的那种"阴森可怕的黑夜里的美"（狄德罗）。

总之，李贺已经开始有意识地运用意象叠加技巧来创作诗歌，只是他还不能从理论上把握这种艺术手法。历代论者没有去着力探索、总结这方面的理论，却一味地责难李贺的"欠理"，这是有失偏颇的。今天，我们应从理论的高度对其做出新的评价。

## 四

李贺是一个创作个性和艺术风格都很复杂的诗人，要以如此有限的篇幅，对其诗歌艺术做全面的论述和评价，是根本不可能的事。本文所述至多就是管中窥豹而已，只是粗略地将李贺的诗歌艺术和现代诗艺术做了一些比较,并试图用现代诗歌艺术理论来解释李贺诗歌中一些奇特的表现手法。文中有些认识还很肤浅,也难免有不当之处,恳望指正。

# 合理想象，适意安居

## ——试论古诗鉴赏中的"自我"

对于 2003 年全国高考古诗鉴赏命题的得失，已有许多议论，其中的一个焦点是：对于诗眼的赏析，参考答案是否合理和具有唯一性。这次鉴赏的诗歌是唐朝诗人王维的《过香积寺》，试题有两问：一问"你认为这首诗第三联两句中的诗眼分别是哪一个字"，答案毫无疑问，只能是"咽""冷"二字，无论凭直觉还是凭推断，都不可能得出其他的结论。二问"为什么？请结合全诗简要赏析"，这一问颇有难度。"结合全诗"首先要透彻地理解全诗，而王维的这首诗字面上看似易解，然其高妙的意境，如果不是对作者的生平思想和诗歌艺术有较多的了解，是很难把握好的。要结合全诗简要赏析诗眼，也就是要诠释"咽""冷"二字在诗中的合理性和巧妙作用，那就更是难上加难了。参考答案如是说："山中的流泉由于岩石的阻拦，发出低吟，仿佛呜咽之声。照在青松上的日色，由于山林幽暗，似乎显得阴冷。'咽''冷'二字绘声绘色，精练、传神地显示出山中幽静孤寂的景象（意境）。"这是先阐述诗句含义，从逻辑上解释"咽""冷"二字的合理性，而后赏析其在诗中所起的作用，以说明其之所以为"诗眼"的原因。这样的答案，其主观随意性是不言而喻的，我们分明看到有一个独特的"自我"参与其中。换言之，这只是某一独特个体的鉴赏结果。因此，这一答案固然有其合理性，但并不具有唯一性，它应该是也只能是众多合理答案之一，作用仅仅是供参考。考生的答案即使和参考答案相去甚远，只要是合情合理的，也应视为正确。

高考古诗鉴赏题的答案有如此大的开放度和自由度，多年来尚属首次。其重要意义在于允许考生（即鉴赏者）在解题过程中表现自我意志，从而使这一题型的考查成为真正的古诗鉴赏。回顾以往，2001年以前古诗鉴赏都采用客观选择题的形式，题项表述的是别人的鉴赏结果，而应试者所做的只是对别人的鉴赏结果说"是"或者"不是"。须知鉴赏结果一经表述，就成了知识,而对知识作正确与否的判断,是称不上鉴赏的。故而以选择题的形式来考古诗鉴赏,确实不可取。其全部症结在于解题过程中,考生作为鉴赏者只是咀嚼别人的鉴赏结果并做判断,而其"自我"则被排除在外。2002年高考开始采用主观表述题的形式,选李白《春夜洛城闻笛》一诗出题,总共有三问:"诗中'折柳'的寓意是什么?你是否同意'关键'之说?为什么?"第一问纯粹考查知识,而有关"折柳"的文化知识,对于解答后两问起着至关重要的作用。如果考生知道"折柳"的寓意,那么一般只能同意"关键"之说,原因也大致只能像参考答案所说的那样,即这首诗抒写了思乡之情,这种思乡之情是听到折柳曲的笛声引起的,可见"折柳"是全诗的关键。如果想要不同意"关键"之说,那是万难自圆其说的。说到底,"关键"之说是前人的鉴赏结果,且无可争议,故而考生就只有顺着前人的鉴赏路径去思索一番,然后与前人达成共识罢了。如此命题,虽然表面上允许考生有同意或不同意的选择,看似开放,有一定自由度,但实际上仍是"自古华山一条路",考生作为鉴赏者,其"自我"在鉴赏中是没有多少活动余地和表现机会的。这样的鉴赏,只是亦步亦趋,人云亦云,还是不能算真正意义上的鉴赏。基于这种认识,下面就古诗鉴赏中的"自我"问题做进一步的探讨。

创立于二十世纪六十年代联邦德国的接受美学理论认为,文学活动是作家、作品、读者三个环节的动态过程,作品的价值与地位是作家的创作意识与读者的接受意识共同作用的结果。文学作品用的是"描写性语言",包含许多"意义不确定性"与"意义空白",它们构成作品的"召唤结构",召唤读者以"期待视界"去发挥想象力进行再创造。接受美学的这种文学观,其最大贡献在于对读者的发现,即认为读者和作者一样都是艺术的创造者。古代诗歌是那样精致、凝练,其中的"意义不确定性"与"意义空白"之多可以想见,"言有尽而意无穷"是其最大的特点。阅读和鉴赏古诗,实质上是一个从文本出发去探寻文外曲致的过程,这同时也是一个艺术再创造的过程。鉴赏者要通过想象生动地再现诗人创造的艺术形象,深入到诗歌的意境中去,深刻地理解诗人想要表达的情感和思想,从而正确地把握诗人的艺术构思。鉴赏者在再创诗歌意境时,其"自我"必然在其中发挥巨大作用。换言之,再创的诗歌意境中必然带有鉴赏者"自我"的鲜明个性色彩。

首先是解读文本,整体感知。古诗的语句,由于字数的限制以及对仗、平仄、押韵等的需要,在表达上往往有较大的跳跃性,还常常颠倒词序或语序。故而理解和翻译诗句,要根据语境做合理的推断,通过想象和联想补出诗句中的省略成分,重新调整词序或语序。例如,李白《送友人》诗中的"浮云游子意,落日故人情"两句,不同鉴赏者所感知的诗句整体意义,大致差不多,即"浮云"和"游子"、"落日"和"故人"在"意""情"上相似或相通。然而,要具体地说出这两句诗的意思,则由于理解角度、审美趣味、语言习惯等的差异,各人在表述上会有较大的不同。怎样调整组合"浮云""游子""意"、"落日""故人""情"这六个词语,然后翻译成现代汉语呢?或许有人译成:"浮云飘忽不定似有游子的心意,落日依依不舍像那故人的情怀。"还有人译成:"浮云像那游子饱含天涯飘零之意,落日似那故人满怀恋恋不舍之情。"像这样两种理解,则诗句重在写景,其共同特点是触景生情,移情入景,景中寓情。所谓"以我观物,则物皆着我之色彩",诗人将内心情感投射于眼前景物,故而浮云、落日都有了情意。而两者在手法上又有所区别:前者主要是拟人,且兼用比喻;后者主要是比喻,又兼用拟人。又有人译成:"游子的心意像浮云似的飘忽不定,故人的情怀如落日一样依依不舍。"如此理解，这两句诗就是即景设喻、借景抒情的写法，重心在抒情上。以上三种译法，在表情达意上各有侧重，而又很难分出优劣。从鉴赏的角度看，不同的译法反映了鉴赏者对诗中艺术形象的不同感受，体现了不同"自我"独特的思维、情感及语言特点，这又必然影响到对诗歌艺术技巧的领悟，从而产生鉴赏结果的差异。

至于探寻文外曲致，不同鉴赏者得到的结果更是千差万别。对于文本的整体感知只是一个开端，在此基础上，鉴赏者往往会暂时卸下原有的社会角色面具，摆脱当前物理时空的心理制约，接近或投入那特定的诗意世界。此时的鉴赏者已不是原来社会规范下的"自我"。一旦受社会角色规范的表层意识隐去，深层的自由意识便浮现了出来。深层"自我"与文本展开对话，甚而化身为诗人，跟诗人同呼吸，共命运。在这过程中，鉴赏者有可能探得文外曲致。而这过程又是因人而异的。不同的鉴赏者，其性格气质、人生阅历、文化修养、思想情趣等各不相同，这些都会影响到探寻文外曲致的过程和结果。而所谓的文外曲致，也不是某种具有客观性、唯一性的东西，它应该极具张力，含有较多的不确定性，甚至是"作者未必然而读者未必不然"的东西。

还是以高考古诗鉴赏题为例来说文外曲致的探寻。2000年高考选用宋代赵师秀的《约客》一诗来命题，要求选出对这首宋诗赏析不恰当的一项。答案是C项，其中说："第四句描写了'闲敲棋子'这一细节，生动地表现出诗人此时闲适恬淡的心情。"这样的赏析不恰当吗？当年就有学者撰文论述这样的赏析完全合乎情理。然而，《宋诗鉴赏辞典》（上海辞书出版社）中认为，"闲敲棋子"这一细节，"将诗人焦躁而期望的心情刻画得细致入微"，命题者大概也是这样认为的吧。由"闲敲棋子"而体会到的诗人的心情，就是文外曲致。至于诗人此时到底是"焦躁而期望"还是"闲适恬淡"，抑或两种心情兼而有之，交替出现，这可能难以有定论。当鉴赏者沉浸在"闲敲棋子落灯花"的意境中时，他必定会参照自己的人生体验，乃至化身为诗人来感受此中的况味。这时候眼前便出现了一幅画面，那不单是视觉中的画面，其中也融合着鉴赏者自我的感情和意绪，画面中甚至会增加许多文本中并未提到的物象。于是"自我"与诗人展开对话。那是怎样的一位诗人呢？也许他和常人一样，在梅雨之夜与人约会而久候不至，孤寂中难免焦躁不安。一个"闲"字表明了无聊，而在这个"闲"字的背后，隐含着失望烦闷的情绪。也许诗人是位修养极高的人,雨夜约客,只为下棋消遣,友人为夜雨所阻,迟迟不到,诗人便悠闲地敲着棋子,做着无边的遐想,一直等到深更半夜。一个"闲"字正表明此时闲适恬淡的心情。当鉴赏者进入诗境,其"自我"会遇到什么样的诗人,是取决于他的知识修养、生活经验和当时的直觉的。对于一位千百年前的诗人,我们只能通过有限的资料去了解他,通过想象去观照他,通过思考去认识他。对诗人的人生际遇、思想性格、写作意图及社会背景等掌握得越多,想象就越有基础,思考就越有根据。但不管怎样,不同的鉴赏者在诗中感知的诗人形象及其思想情感肯定是有差异的,有时差异还会很大,这在古诗鉴赏中是完全正常、合理的现象,正如"有一千个读者就有一千个哈姆雷特"一样。因此,在探寻文外曲致的过程中,一般不宜强调客观性和普遍性。

总之,鉴赏古代诗歌应崇尚多元性和差异性的思维方式,注重自我在鉴赏过程中的感受、经历和发展,追求自我在诗意环境中的适意安居。由此想到,古诗鉴赏的命题设计,应允许鉴赏者的思维和情感有一个极度张扬的空间,而不是为达成某一共识而设置桎梏。客观选择题的形式之所以不适用于古诗鉴赏,正在于它强调所谓的共识，使得一个个特殊的自我失落在客观性、普遍性之中。在这样的题目形式下，自我在鉴赏过程中没有任何地位，是为客观性所排斥的。然而，真正的古诗鉴赏，其过程必定有鉴赏者自我的积极参与，必定体现自我的思想意志、审美情趣、价值取向等。失去了自我，就谈不上鉴赏。

# 从心所欲而不逾矩

## ——把握古诗解读过程中想象的"度"

古代诗歌在遣词造句方面极为讲究,诗句通常很凝练,表达上有较大的跳跃性,故而在解读古诗的过程中,合理的想象是不可或缺的。想象本来应是一种从心所欲的心理活动,可以无拘无束、无边无际,然而在理解诗句时,想象必须有一个度,必须基于诗意而合乎情理,也就是要不逾矩。古诗鉴赏题的解答在许多情况下也离不开想象,而漫无边际的不合理的想象,往往将答题者的思路引入误区,从而导致错答。因此,把握解诗过程中想象的度是至关重要的。这个"度"应该怎样来辨明呢?

先来看一个典型试题:

阅读下面这首唐诗,然后回答问题。(2011年高考江苏卷试题)

## 春日忆李白

### 杜 甫

白也诗无敌,飘然思不群。
清新庾开府,俊逸鲍参军。
渭北春天树,江东日暮云。
何时一樽酒,重与细论文。

【注】庾开府、鲍参军:指庾信、鲍照,均为南北朝时著名诗人。

渭北、江东:分别指当时杜甫所在的长安一带与李白所在的长江下游南岸地区。

论文:此处指论诗。

"渭北春天树,江东日暮云"一联表达了什么样的思想感情?用了何种表现手法?(4分)

答:_____

分析一下解题思路:

解答这一道题必须充分运用想象力。"渭北春天树,江东日暮云"一联描写了两幅画面,解题的第一步是想象画面中的情景。诗句极为凝练,只用了"渭北""春天""树"和"江东""日暮""云"这六个词语,由此而展开的想象,有着非常广阔的自由空间,几乎可以随心所欲。那么,如何把握想象的度呢?首先,应注意诗后对"渭北、江东"的注释,这一注释提示:在想象时,"渭北"的画面中应活动着杜甫的身影,而"江东"的画面中应出现李白的形象。然后,应进一步想象画面中杜甫和李白的心理活动,至于想象的度,由诗题"春日忆李白"即可得到重要提示;而诗中对李白诗歌及才能的高度赞美,以及渴望重聚并把酒论诗的表白,则一再提示了想象的度。通过合度的想象,理解了诗中人物的心理,第二步才可考虑这一联表达了什么样的思想感情,以及用了何种表现手法。

解题过程中会出现什么样的差错呢?下面列举几个错误的解答:

[例一]这一联写渭北春天来临,树木欣欣向荣,江东日暮时分,白云自由飘荡,形象地表达了对李白诗歌的赞美之情。其中用了比喻手法,把李白诗歌比作"春天树"和"日暮云",突出了清新、俊逸的特点。

[例二]诗人眼看渭北冬去春来,树又变绿了,于是遥望李白所在的江东,想见那里日暮时云儿四处飘散的情景。这一联表达了诗人对时光飞逝、友人离散的

感慨。诗句中用了象征手法,"树"和"云"都有象征意义。

[例三]春天一到,杜甫看到渭北原野上的树一片青葱;江东日暮,李白还在夕阳映照的云下吟唱友谊。此情此景含蓄地表达了时光流逝却不能冲淡友情的思想。诗人运用了情景交融的表现手法,巧妙而又意蕴深长。

分析一下错误的原因:

例一在想象"渭北春天树,江东日暮云"一联所写的情景时,完全没有考虑到诗后对"渭北、江东"的注释,而又错误地联系了上一联的内容。因此,在其想象的画面中没有出现杜甫和李白的影子,却想当然地认为这是对李白诗歌清新、俊逸风格的形象描述,甚至误认为"春天树"和"日暮云"是两个比喻。

例二对诗句所描写的画面进行想象时,确实注意了"渭北、江东"的注释,可是在想象过程中又只侧重于景物,而忽视了对人物心理活动的想象,所以在领会这一联表达的思想感情时,竟然毫无根据地臆想出"树"和"云"的象征意义,从而导致了答案的明显偏差。造成这种偏差的原因,说到底还是想象不合度。

例三在想象两幅画面时,已经分别把杜甫和李白放在重要位置,甚至无中生有地想象出李白在"吟唱友谊"。然而,不足的是,没能结合诗题"春日忆李白"和最后一联,来对人物心理做出合乎情理的想象,以至于无法正确把握诗句中蕴含的思想感情,于是便产生了"时光流逝却不能冲淡友情"这一牵强附会的说法。

正确答案是:表达了双方翘首遥望的思念之情,作者思念友人李白,想象李白也在思念自己。用了借景抒情、寓情于景的表现手法。

解析一下答案:从注释看,"渭北春天树,江东日暮云"应是分别写杜甫和李白所在之地的景象,而诗题"春日忆李白"已经点明全诗思念友人的主旨,由此可以想象出这样的情景:渭北春天的树旁,杜甫思念着远在江东的李白;而江东日暮的云下,李白也在思念着杜甫。深沉的思念之情,通过这种寓情于景、借景抒情的手法,表现得格外鲜明而深刻。

在解答古诗鉴赏题时,如何预防和矫正不合理的想象呢?大致应从以下三个方面入手:

1. 基于文本,杜绝无中生有

在解读古诗的过程中,文本是一切想象的出发点和根本依据。脱离了文本的天马行空式的想象,不仅对理解诗意没有什么帮助,而且会导致严重的误读。因此，解答古诗鉴赏题时，应杜绝那种脱离文本的无中生有的想象。比如例题中，想象第二幅画面所依据的文本是"江东""日暮""云"这三个词语，想象中出现的应是江东地区日暮时的一般景象，其中最突出的意象是"云"，以及云下的李白。除此之外，不必特意在想象中增添其他物象或情节了。而例三中说李白在"吟唱友谊"，则纯属无中生有。

2. 合乎语境，防止节外生枝

通过想象来解读诗句，还要注意合乎语境，就是要结合诗句前后的内容来做合理的想象，从而深刻地领会诗意，并防止在想象中节外生枝，臆想出诗句中本不存在的东西。比如例二中，说"树"和"云"都有象征意义，认为：渭北春来树又变绿，象征了"时光飞逝"；江东日暮云儿飘散，象征了"友人离散"。这是没有考虑语境而臆造的所谓象征。本诗前半部分赞美李白的诗歌及才能，末尾则表达对跟李白重聚并把酒论诗的渴望。在这样的语境中，怎能节外生枝地想象出"对时光飞逝、友人离散的感慨"呢？

3. 顺应主旨，避免牵强附会

对于古诗中情感内容的想象，通常要顺应全诗的主旨。主旨引导着想象，同时也限定了想象的度，一旦想象超出了这个度,就难免会牵强附会。比如例题中要想象杜甫和李白的心理活动,就先得明确全诗的主旨,即诗题中的"忆李白"。"忆"是怀想、思念的意思,于是很容易就想象出杜甫在渭北春天的树旁,正苦苦思念着李白,而在他的想象中,远在江东的李白也思念着自己。这样的想象顺应了全诗思念友人的主旨,因而是合度的。只有以合度的想象为基础,才能避免那种牵强附会的说法。

# 进去出来，体悟品评

## ——如何避开古诗鉴赏题中的陷阱

高考试卷中的古诗鉴赏题，通常被认为是高难度的。究其原因，首先是古诗句子一般极为凝练，在表达上跳跃性很大，要读懂字面意思已经不易，要进一步理解文字背后诗人蕴藏的思想情感，难度就更大了。要从艺术的角度去赏析诗人表情达意的技巧，可谓难上加难。因此，解题过程中的陷阱比比皆是，以致有防不胜防的感觉。如何避开这些陷阱呢？简单地说，要能做到"进去出来"。"进去"就是进入古诗的意境之中，设身处地去体悟诗人的遭遇和情感；"出来"就是跳出诗外，作为鉴赏者来品评诗中内容和写作技巧。

仍以 2011 年高考江苏卷试题为例：

阅读下面这首唐诗，然后回答问题。（2011年高考江苏卷试题）

## 春日忆李白

杜 甫

白也诗无敌，飘然思不群。

清新庾开府，俊逸鲍参军。

渭北春天树，江东日暮云。

何时一樽酒，重与细论文。

【注】庾开府、鲍参军：指庾信、鲍照，均为南北朝时著名诗人。

渭北、江东：分别指当时杜甫所在的长安一带与李白所在的长江下游南岸地区。

论文：此处指论诗。

"渭北春天树，江东日暮云"一联表达了什么样的思想感情？用了何种表现手法？（4分）

参考答案：表达了双方翘首遥望的思念之情，作者思念友人李白，想象李白也在思念自己。用了借景抒情、寓情于景的表现手法。

解析一下试题：由题目"春日忆李白"可知，这首诗表达了杜甫对友人李白的思念之情，主旨十分明确。

根据注释,"渭北春天树,江东日暮云"分别写杜甫和李白所在之地的景象,令人联想到双方翘首遥望相思的情景:渭北春天的树旁,杜甫在思念着远在江东的李白;江东日暮的云下,李白也在思念着渭北的杜甫。这种寓情于景、借景抒情的表现手法,将深沉的思念之情表现得格外鲜明、深刻。

列举几个错误的解答:

[例一]表达了对李白诗歌的高度赞美之情。说其诗如渭北原野上春天的树一样清新,像江东日暮时飘逸的云一样俊逸。用了以实写虚、化虚为实的手法,使"清新""俊逸"具象化。

[例二]表达了对友人远离、时光流逝的伤感之情。用了对比的手法,以渭北春天树木欣欣向荣的景象,和江东日暮云层低垂的苍凉情景做对比,表现了两地相距的遥远,以及时光流逝的迅疾。

[例三]表达了对友人李白的深沉思念之情。用了比喻的手法,诗人说自己因思念李白而仿佛化作了渭北春天原野上的一棵树,而李白则像江东日暮时分的云一样总是漂泊不定。

分析一下错误的原因:

例一在解读"渭北春天树,江东日暮云"一联时方向发生了偏差,以为它是紧承上一联具体描述李白诗歌清新、俊逸的风格,因而想当然地将"春天树"和"清新"联系起来,将"日暮云"和"俊逸"联系起来。这是由于一头扎进诗中而迷失了方向,以致落入陷阱。如果能从诗中跳出来,再结合这首诗下面对"渭北、江东"的注释来思考,使自己解读诗句时视野更宽阔,也许就能避免这样的差错。

例二为了说明"渭北春天树,江东日暮云"一联用了对比的手法,而凭空假想出"渭北春天树木欣欣向荣的景象"和"江东日暮云层低垂的苍凉情景",牵强附会的痕迹较明显,事实上也背离了原诗的旨意。出这样的差错,原因在于硬要往对比手法上靠,以致在理解诗意时做了不合理的想象。想象和联想如果游离于诗歌意境之外,通常只能产生出一些毫无根据的捏造之词,在答题过程中是没有意义的。

例三对这一联所表达的思想感情的把握,是基本正确的,但不够全面,还未能着眼于李白那方面。而对所用表现手法的赏析,则显得别出心裁,令人吃惊。客观地分析,"渭北春天树,江东日暮云"是实在的写景,不过前者是眼前之景,而后者则是想象之景,其中不存在什么比喻。说诗人因思念而仿佛化作了一棵树，说李白就像飘忽不定的云一样，这都是没有任何依据的突发奇想，都偏离了诗句的本意。

解答这类诗歌鉴赏题时，如何避开这些陷阱呢？大致应注意走好以下三步：

1. 整体感知，解读文本

鉴赏古诗的第一步是解读文本，即推敲字词含义，理解诗句所表达的意思。在这过程中，须注重对诗意的整体感知，不能将诗句一一割裂开来理解。古诗的语句，由于字数的限制以及对仗、平仄、押韵等需要，在表达上往往有较大的跳跃性，还常常颠倒词序或语序。因此，理解和翻译诗句，要根据语境做合理的推断，通过想象和联想补出诗句中的省略成分，或者重新调整词序、语序等。

2. 深入诗境，体悟情趣

对于文本的整体感知只是古诗鉴赏的开端，在此基础上，要进一步与文本展开对话，通过联想和想象深入诗歌的意境，把握诗人的时空立足点，探寻其心理变化的轨迹，体悟诗中寄寓的思想情感，甚而在想象中化身为诗人，和诗人同呼吸，共命运。为此，要充分利用诗题和注释中蕴含的信息，如例题中的诗题"春日忆李白"和注释"渭北、江东",对于解读诗句和进入诗境是大有帮助的。

3. 出乎诗外,品评技巧

在深入诗歌意境、理解诗人情感思想之后,还要跳出诗外,从艺术的角度去探究和品评诗歌的表达技巧。之所以强调要跳出诗外,是因为品评诗歌技巧除了要正确理解诗意之外,还必须站在鉴赏者的立场来审视作品。如果钻在诗中出不来,就容易在解析技巧时误入陷阱,发生种种偏差,比如为了说明诗中运用了某种手法,而有意无意地曲解诗意,就像例二和例三所做的那样。

# 抓住意象，引爆联想

## ——现代诗解读和欣赏琐论

有些诗，你只要看上一眼，就会怦然心动，有所感悟——诗中鲜明的意象引爆了你无边的联想，唤醒了你沉睡的记忆，点燃了你火热的情感。卞之琳的《断章》和顾城的《一代人》就属于这样的诗歌。

先看《断章》，全诗总共四句，分为两节：

> 你站在桥上看风景，
> 看风景的人在楼上看你。
>
> 明月装饰了你的窗子，
> 你装饰了别人的梦。

这首诗要表达什么呢？诗人的本意是想通过两组相

关联的意象，揭示事物间普遍存在的相对、平衡的关系，表现一种哲理性的思考，并传达出超然豁达的人生情怀。然而，读者可以完全不顾诗人的本意，而对诗意做出别样的领悟和诠释。比如李健吾就认为《断章》是在"装饰"二字上作诗，暗示人生不过是互相装饰，其中蕴含着无可奈何的悲哀情怀。尽管诗人对此明确表示否定，但我们也无法说这样的评析是错误的。品味一下明白如话的诗句，你会越来越感到含义很多，因为诗中真切的意象不断地引发你的各种联想，使你产生不可遏制的感动和幻觉。你也许会在想象中成为诗中的人物，于是某些生活经历的记忆被激活了。如果你曾有过一位梦中情人，在他不知觉的情况下，你常默默地注视他，欣赏他，就像看一道美丽的风景，而他也常常来到你的梦境，给你欢乐，给你忧伤，那么，你完全可能把《断章》理解成一首彻头彻尾的爱情诗。这又有什么不可以呢？

再看《一代人》，全诗仅有两句：

黑夜给了我黑色的眼睛
我却用它寻找光明

这里的意象同样能引爆你的联想，使你神思飞越，不能自已。联系诗人的生活经历和创作背景，我们不难想到，"黑夜"是象征"文革"年代，那场浩劫正如漫漫长夜，而"黑色的眼睛"则象征在那个年代长大的年轻人那已经习惯黑暗现实的眼睛。这双眼睛因长期处在黑暗中而变得困惑、疑虑、警觉，并渐渐培养出一种洞察力、一种叛逆性。"我"开始用这双眼睛坚定而执着地"寻找光明"——寻找美好的生活和理想。诗中突出表现了"我"对黑夜的叛逆和对光明的渴求，显示出一种强烈的生命意志。这样的理解也许比较接近诗人创作的本意，但读者大可不必拘泥于此。在一代又一代人的生活中，那些因遭遇挫折和厄运而感到失落、沮丧、忧愁、痛苦的"黑夜"不是经常出现吗？而且，这样的"黑夜"也会给人一双"黑色的眼睛"，甚至使人在一定时期内看一切东西都感觉是灰黑色的。你曾经历过这样的"黑夜"，拥有过"黑色的眼睛"吗？在当时你是否有勇气和信心去坚定地"寻找光明"呢？漫漫人生路，恐怕谁都难免会坠入黑夜，请从《一代人》这首诗中汲取力量、信念和勇气吧！

像《断章》和《一代人》这样的诗是常读常新的，具有超越时空的魅力。它们只是将意象呈现在我们面前，引发我们的联想，打动我们的情感，使我们获得审美享受和精神滋养。多读这样的诗吧，不仅为了提高文艺鉴赏力，更为了诗化我们的人生！

下面的几首诗，与《断章》《一代人》异曲而同工，既有鲜明的形象性，又有深刻的哲理性。从这些诗的意象入手，充分展开联想，就能感悟和领略那丰富而优美的诗意。

其一：

### 春水（三三）

冰 心

墙角的花！

你孤芳自赏时，

天地便小了。

墙角的花啊，即使你香艳无比，也不可自命不凡。须知墙角的空间是逼仄的，视野是狭窄的，而墙角之外的世界是多么广阔，那里有着太多的精彩。牢记吧，当你孤芳自赏的时候，你就成了井底之蛙的同类！

其二：

### 重 量

韩 瀚

她把带血的头颅，

放在生命的天平上,
让所有的苟活者,
都失去了
——重量。

天地之间,冥冥之中,有一架称量生命的天平,最终将称出每个人的重量。当烈士把她带血的头颅放在这架天平的一头时,另一头的所有苟活者就再也显示不出重量。生命的天平是公正的,它形象地昭示人们什么是重于泰山,什么是轻于鸿毛。

其三:

### 红 叶

沙 白

风,把红叶
掷到脚跟前。
噢,
秋天!
绿色的生命也有热血,
经霜后我才发现……

诗中的"经霜"是一语双关。自然界有风霜,人类社会也有风霜。在风霜的吹打下,绿色的叶变红了,凋落了。它曾经的绿,是青春蓬勃的象征;而现在的红,是热血迸流的明证。红叶让人想起那些默默无闻的奋斗者。

其四:

## 泥 土

鲁藜

老是把自己当作珍珠

就时时有被埋没的痛苦

把自己当作泥土吧

让众人把你踩成一条道路

谁不想做一颗晶莹美丽的珍珠呢?可是,在这凡尘中珍珠毕竟太少了,多的只是普普通通的石子。假如你认定自己是珍珠,而又不能时时艳光四射,那么,被埋没的痛苦会很揪心的。倒不如把自己当作泥土,去填平坑坑洼洼,在众人的脚下铺成一条道路,也许那样会让你活得轻松,活得坦然。

# 沉默如诗

——赏析题为《沉默》的两首短诗

沉默如诗，谁人能解？

沉默是无声的，是一种缄口不语、阒然静寂的状态，可是智者却从中听到美妙的天籁。老子说"大音希声"，白居易说"此时无声胜有声"，鲁迅说"于无声处听惊雷"。沉默是无形的，是一种不可捉摸、难以言说的心境，可是诗人却从中看到五光十色、千形万象。龚光亚这样写他的《沉默》：

> 你是一口深深的井
> 我是一方斜斜的阳光
> 默默地挪移
> 却照不到井底

>你是一座冰封的雪山
>
>我是你身边缓缓绕过的小河
>
>默默地流淌
>
>却带不走冰冷
>
>深深的沉默
>
>任时光飞逝
>
>任我轻轻远去

在诗人眼里,沉默有时是"一口深深的井",一口阳光照不到底的井,井下会有什么呢?沉默有时又是"一座冰封的雪山",小河缓缓绕它而过,却带不走一丁点儿冰冷,难道它从外到内就只有冰冷?谁敢肯定它没有一颗火热的心?深井和雪山,那是谜一般的景致,是朦胧的画,是含蓄的诗——这就是沉默吗?你参透世事,宠辱不惊,仿佛一位深藏的隐者;你阅尽沧桑,无怨无悔,又似一位冷面的哲人。可我总觉得,你更像是一位石雕的诗人,吟咏着一首亘古难解的无声的诗。任凭时光飞逝,任凭世间万事万物从身边轻轻远去,你,深深地沉默,永远保持不变的姿态。这是何等超脱的襟怀,这是多么高深的涵养!

莲子笔下的《沉默》,又是另一番景象:

就像一本厚书末的

几张空白页

就像整整一个冬天

没下一片雪

你读我晴空的眼睛

那抹晴空

却将无边的风暴省略

既然无言是最好的倾听

沉默就是最多的诉说

　　短短的几行诗让人想起很多很多……曾有这样的经历吗？多年前读过一本厚书，其中的千言万语早已忘却，可就是忘不了书末的几张空白页——那就是沉默啊！它虽然一言不发，却意味深长，令你悬揣不已，终生难忘。多么奇妙的比喻，它形象地告诉我们，沉默的魅力胜过千言万语，沉默就是最多的诉说。有时，沉默又十分令人敬畏，那是像冬天的晴空一样的沉默。你想吧，冬天的天空本应是严厉的，可以随时发作，用无边的风暴来威慑天地间的一切，然而，却忍耐了整整一个冬天，连象征严寒的飞雪也没有下一片。冬天的那抹晴空，你曾在生活中仰望过吗？尽管它不言不语，省略了

"无边的风暴",但我们还是隐约领略到那莫测的高深、无边的法力和最多的诉说。

  沉默中到底蕴含着什么、意味着什么,谁能猜得透、说得清呢?或许,世间的沉默本来就千姿百态、形形色色,如一道道变幻莫测的风景,令人难以捉摸。诗人用语言把握沉默,用形象再现沉默,于是沉默也如诗如画,可歌可泣。那沉默的诗行中有沉默的世界,当然也少不了雨啸风吼、惊雷疾电——沉默也是矛盾的统一体。

  沉默啊沉默,你是一首博大精深的哲理诗,流传千古,任人解读。

# 季节诗意

## ——漫说诗人笔下的四季

诗仙李太白有云:"阳春召我以烟景,大块假我以文章。"世间最优美、最丰富的诗篇,当数这"大块文章";世间最伟大、最高明的诗人,就是大自然,它让每一个季节都诗意盎然,只可惜常人少有发现诗意的眼光。所谓诗人,就是那些发现了诗意并形之于笔端的人。他们是自然的骄子、人类的先知,他们不光用眼,而且用心去探索大千世界,然后挥动生花的妙笔。诗人的笔下,流泻出天地万物,涌动着人间冷暖,形形色色,林林总总,于时光流逝之中呈现各自独特的诗意,有时也季节鲜明。用心去读诗人笔下的四季,你会聆听到自然的心声,感动于人类的良知,从而进入一个纯美的诗意世界。

四季轮回，其首为春，那就从春开始来感悟季节诗意吧。春是生机勃发的季节，也是催生梦想和诗情的季节，古往今来有多少诗人吟咏过春天？就说唐代孟浩然那首脍炙人口的《春晓》："春眠不觉晓，处处闻啼鸟。夜来风雨声，花落知多少？"寥寥二十字中有夜雨晓梦、啼鸟落花，其空灵的意境曾引发人们多少奇妙的遐想和悠长的叹息。与孟诗的素朴空灵不同，现代诗人蹇先艾笔下的《春晓》是如此绚丽多姿：

　　　　这纱窗外低荡着初晓的温柔，
　　　　霞光仿佛金波掀动，风弄歌喉，
　　　　林鸟也惊醒了伊们的清宵梦，
　　　　歌音袅袅啭落槐花深院之中。

　　　　半圮的墙垣拥抱晕黄的光波，
　　　　花架翩飞几片紫蝶似的藤萝，
　　　　西天边已淡溶了月舟的帆影，
　　　　听呀小巷头飘起一片叫卖声。

　　读着诗句，我们仿佛要被那"初晓的温柔"融化了，周围的一切是多么美好！你忍不住想要沐浴在霞光的金波里，享受春风拂面，听一听林鸟的歌声，闻一闻槐花的芳香，同时猜想着林鸟被惊醒的梦里有过什么呢。抬眼望去，满是童话世界的景象：墙垣间荡漾着晕黄的光波，花架上翩飞着紫蝶似的藤萝，西天边航行着扬帆远去的小舟。此时，从小巷头飘来的一阵叫卖声，真真切切地提醒你，这是人世间一个普通平凡的春晓——它本来就充满着诗意，一经诗人妙笔的点染，便熠熠生辉了。

紧随春而来的是夏，是一个多情而热烈的季节。江南的夏尤具韵味，总是水灵灵、火辣辣的，惹得诗人歌咏不已。且听宋人杨万里的吟唱："毕竟西湖六月中，风光不与四时同。接天莲叶无穷碧，映日荷花别样红。"西湖夏景是这样的艳丽无比、风情十足。试想那碧叶连天、红花映日的西湖，会有多少美妙的故事发生——夏也是一个恋爱的季节啊！请看何其芳的《夏夜》，那是热恋之人心眼中流出的诗行：

> 在六月槐花的微风里新沐过了，
> 你的鬓发流滴着凉滑的幽芬。
> 圆圆的绿阴作我们的天空，
> 你美目里有明星的微笑。
>
> 藕花悄睡在翠叶的梦间，
> 它淡香的呼吸如流萤的金翅
> 飞在湖畔，飞在迷离的草际，

扑到你裙衣轻覆着的膝头。

你柔柔的手臂如繁实的葡萄藤
围上我的颈,和着红熟的甜的私语,
你说你听见了我胸间的颤跳
如树根在热的夏夜里震动泥土?

是的,一株新的奇树生长在我心里了,
且快在我的唇上开出红色的花。

  迷人的景物和缠绵的爱情融合在一起,越发显得妖娆神秘:恋人的鬓发上流滴着六月槐花的幽芬,恋人的美目里闪烁着天边明星的微笑,圆圆的绿阴撑起一片爱的天空;翠叶酣梦,藕花飘香,湖畔草际,流萤飞舞、飞舞、飞舞,直扑恋人裙衣轻覆的膝头;围上颈的柔臂如繁实的葡萄藤,甜蜜的私语如红熟的果实,于是爱之树在心里迅猛生长,爱之花在唇上即将开放。——多么温馨的夏夜,多么动人的爱情!不知是人类的爱情点缀了季节,还是季节的诗意烘托了爱情,一切都是那么和谐、自然,令人心醉。

  炎夏过后是清秋,那是一个经由成熟而趋向衰老的季节,容易使人伤感。元代马致远的小令《天净沙·秋思》曾将秋的萧瑟、凄凉、落寞抒写得淋漓尽致:"枯藤老树昏鸦，小桥流水人家，古道西风瘦马。夕阳西下，断肠人在天涯。"这是游子眼中的景物，每一样都充溢着秋之韵、思之致，浑然相融，便构成一种博大、深邃的意境。在现代诗中，与这首元曲意蕴相近的，有辛笛的《秋思》：

> 一生能有多少
> 落日的光景？
> 远天鸽的哨音
> 带来思念的话语：
> 瑟瑟的芦花白了头
> 又一年的将去。
> 城下路是寂寞的，
> 猩红满树，
> 零落只合自知呢；
> 行人在秋风中远了。

你看秋风落日下的诗人，他忽地沉思起来：一生能有多少落日的光景？远天传来鸽的哨音，听着都是思念的话语；岁月流逝，白了头的芦花在风中瑟瑟作响，同时老去的还有青春年华。城下的路是寂寞的，因为心里满是寂寞；虽然眼前有满树猩红，却自知那不久将零落；默默地伫立，目送行人在秋风中渐渐地远去，远去……全诗像是诗人内心的独白,浸透了岁月的沧桑,情感是多么深沉委婉。当然,秋不总是悲凉的,它还有别样的情致,季节的诗意也是多层面的。唐朝诗人刘禹锡在《秋词》中高唱:"自古逢秋悲寂寥,我言秋日胜春朝。晴空一鹤排云上,便引诗情到碧霄。"这是意气风发、激情昂扬的秋。

当秋的身影渐渐远去的时候,冬便姗姗地来了。风劲雪猛,天寒地冻,冬是最具刚性的季节。古诗中能代表冬的意趣的,当推柳宗元的《江雪》:"千山鸟飞绝,万径人踪灭。孤舟蓑笠翁,独钓寒江雪。"那是一种空旷静寂的境界,弥漫着一股傲岸不屈的精神,如此这般的诗意,只有冬才能成就。在所有季节中,冬是最简洁而又最耐人寻味的,其非凡意义诗人常有体察。罗锡文在《冬天》里这样写道:

> 冬天落在我们的世界里,
> 世界才真正地干净起来,
> 芸芸众生就有了澡雪的神气。
>
> 冬天,是我们最可宝贵的珍藏,
> 它以坚固的寒冷和锋利的思想,
> 挡开了心地不纯者的诅咒和贪婪。

> 冬天落在我们的心上,
> 赐予我们众多的善念,
> 包括春天,也包括生死……

在诗人看来,冬天是跟纷纷扬扬的大雪一起飘落在我们的世界的。银装素裹,世界才真正地干净起来;沐雪之后,芸芸众生才充满了神气。冬天是宝贵的,值得珍藏,因为它有坚固的寒冷和锋利的思想,使我们头脑冷静,意志坚定,能够挡开心地不纯者的诅咒和贪婪。更重要的是,冬天落在我们的心上,净化着我们的灵魂——它赐予我们众多的善念,使我们在一片严寒肃杀之中向往着春天,学会善待生命和热爱生命。冬,这一年中的最后一个季节,从来就不意味着终结,它沉思着,正在酝酿一个繁花似锦的新春。

大自然的浓郁诗意是那样地醉心迷人,古今诗人笔下的四季是那样地精彩纷呈。展读这些诗卷,就像投入了自然的怀抱;吟味这些诗句,就像欣赏着四季的风采。也许今生我们永远也成不了诗人,但我们可以在诗人的带领下走进大自然,去领略那丰富多彩的季节诗意。

# 航行于永恒的时空

## ——赏析现代诗中"船"的意象

有一首歌曾风靡一时,它的歌名叫作《涛声依旧》,歌词是:

带走一盏渔火 / 让它温暖我的双眼 / 留下一段真情 / 让它停泊在枫桥边 / 无助的我 / 已经疏远了那份情感 / 许多年以后却发觉 / 又回到你面前

留连的钟声 / 还在敲打我的无眠 / 尘封的日子 / 始终不会是一片云烟 / 久违的你 / 一定保存着那张笑脸 / 许多年以后 / 能不能接受彼此的改变

月落乌啼 / 总是千年的风霜 / 涛声依旧 /

> 不见当初的夜晚／今天的你我／怎样重复昨天的故事／这一张旧船票／能否登上你的客船

由其中的一些字眼，我们不难发现它与唐代张继《枫桥夜泊》一诗的渊源关系，但这首歌绝不是唐诗的翻版，而是被赋予了全新的内涵，具有更为深广的意义。"月落乌啼霜满天，江枫渔火对愁眠。姑苏城外寒山寺，夜半钟声到客船。"描写的是那时那地一刹那的景物情态，集中表现时空中的一个片段。而《涛声依旧》咏唱的是一种久远的记忆和难忘的情愫，充满沧桑之感，其中的景象惝恍迷离，如梦似幻。听着歌声，我们仿佛看见那只"客船"穿过岁月的烟尘，缓缓地向我们驶来。在这里，船已不是一个平常的物象，而是融合着情感意趣的意象。在现代诗中，"船"的意象并不少见，大都是航行于永恒时空的非同寻常的船。下面试举几例来作赏析。

有些诗中的"船"也许原本是有所指的，但一旦经过艺术加工，成为一种诗歌意象，就具有了典型意义。例如孙静轩《致小船及其舵手》中的船：

> 遥远的海面上有一只小小的木船
> 在惊涛骇浪的颠簸中，急急地驶向海岸
> 壁陡的浪许多次把它吞没

但每一次它都又安然在浪尖上重新出现
我没有看见那小船的掌舵者
但我知道他已经历了千百次这样的危险
浩瀚的大海把自己粗犷的灵魂给了他
险恶的风浪早已把他磨炼得沉着而勇敢

诗中这"一只小小的木船"可能有原型,是诗人亲眼所见的现实中的一只特定的船。然而,当诗人以这只船为描写对象进行诗歌创作时,必定在船上寄予了自己的思想情趣。你能感觉到,当船在惊涛骇浪中航行时,诗人正不停地在心底里为它担忧,为它欢呼,并由衷地赞美着那船上的舵手——一位沉着、勇敢,有着大海般粗犷灵魂的人。这难道是一只普通的船吗?它让我们不由得想起那航行在生活的大海上,凭着坚韧的毅力去面对险恶风浪的生命航船。是的,它是一种顽强生命力的象征,是一种永存于天地间的人类勇敢精神的象征。

诗人喜欢歌咏这样的生命航船,每每借此来抒发自己的壮志豪情。当然,诗人笔下的这些船,绝大多数是完全虚构的意象,是诗人用想象力创造的艺术典型。请看汪敬熙的《方入水的船》:

船!你入了水了!
我做几句诗来祝你——

> 我不愿，
> 你在无边的海里平平安安的走！
> 越平安，越无生趣。
> 我愿，
> 你永远在风浪里冲着往前走！
> 冲破了浪，便往前进；
> 冲不破，便沉在海底，
> 却也可鼓舞后来的船的勇气，
> 却也可使后来的船知道，
> 应找别的方法儿走。
> 走！走！
> 永远在危险困苦里向前走！

诗人是在祝愿自己的生命航船啊！这航船承载着远大的理想和坚定的信念。它入水了——从它身上，我们分明看到一种投身时代大潮的浪漫情怀，以及誓死勇往直前的悲壮气概。

入水的航船开始了漫长的航行，日复一日，年复一年，不停地出发，出发……不知哪里是航程的尽头。在这航程上，有诗人舒婷的《双桅船》：

> 雾打湿了我的双翼
> 可风却不容我再迟疑

岸呵，心爱的岸

昨天刚刚和你告别

今天你又在这里

明天我们将在

另一个纬度相遇

是一场风暴、一盏灯

把我们联系在一起

是另一场风暴、另一盏灯

使我们再分东西

不怕天涯海角

岂在朝朝夕夕

你在我的航程上

我在你的视线里

　　那生命的航船又要跟心爱的岸告别了，虽然雾湿双翼，身心疲惫，但时代的风却不容你再迟疑——出发吧，向着天涯海角，去寻找另一处岸，去追求更新更高的境界。在生命之船的航程中，总是有一场又一场的风暴，激荡起我们满腔的豪情；有一盏又一盏的明灯，引导着我们驶向希望之岸，驶向理想之岸。

　　远航的船向着理想的彼岸不断地前进，前进，盼望着早点靠岸，而岸却总是那么遥远。于是，诗人芦萍歌

唱起《没有靠岸的船》:

你用感情编织着一块洁白的绢
送给我做了航行的帆
我不怕浪花打湿了双脚
大风摇晃着支撑事业的桅杆
我是一条远航的船

真希望你等待在岸上
看航标灯伸延过来的思念

多少个不眠的日日夜夜
在大江里捕捞着生活的夙愿
事业与爱情是两只船桨
我曾把残月摆渡成浑圆
可我离岸还很远,很远

真希望你伫立在岸边
宛如一座雕像在我心间

在这条航船上,有支撑事业的桅杆,有爱人用感情编织的帆,还有事业和爱情这两只强有力的船桨。它日日夜夜航行在大江里,为实现美好的生活夙愿而努力奋斗着。虽然它还没有靠岸,但它满载着思念,满载着希望,令人心驰神往。

也有些诗人借助"船"的意象来曲折地表达情意，寄托怀抱。例如冰心的《纸船——寄母亲》一诗：

> 我从不肯妄弃了一张纸，
> 总是留着——留着，
> 叠成一只一只很小的船儿，
> 从舟上抛下在海里。
>
> 有的被天风吹卷到舟中的窗里，
> 有的被海浪打湿，沾在船头上。
> 我仍是不灰心的每天的叠着，
> 总希望有一只能流到我要他到的地方去。
>
> 母亲，倘若你梦中看见一只很小的白船儿，
> 不要惊讶他无端入梦。
> 这是你至爱的女儿含着泪叠的，
> 万水千山，求他载着她的爱和悲哀归去。

读到最后一节才明白，诗人的纸船装载着对母亲的无尽思念。本来，人的思念之情是抽象而难以捉摸的，纸船的意象却使这种感情的抒发显得既具体可感，又含蓄蕴藉。

纸船不只可以寄托成年的女儿对母亲的深沉思念，还可以激发幼小的外孙对外婆的天真幻想。你看诗人田

地的《纸船》：

> 我用半张报纸，
> 给孩子折了只无篷的露水船；
> 孩子又用一根纱线，
> 把露水船系在窗台上面。
>
> 孩子上床时对我说，
> 要去接外婆到我们家来玩；
> 他出生以来还没见过外婆，
> 却把外婆深深悬念。
>
> 夜里的风把露水船带走了。
> 我怕孩子找不到船会泪流满脸，
> 他却说："昨夜外婆已经来过，
> 天亮她又趁船回到了乡间……"

成人眼中一只普通的纸船，在孩子心中却能载上日夜思念的外婆。它航入孩子的梦中了，满足了孩子一个真挚而强烈的愿望。在这只船上，装着外婆的慈爱、孙儿的依恋，装着永生永世割不断的血脉亲情。

还有些诗中的"船"是一个个奇妙的比喻。例如，沙鸥《新月》一诗中有这样一条船：

新月弯弯,
像一条小船。

我乘船归去,
越过万水千山。

花香,夜暖。
故乡正是春天。

你睡着了么?
我在你梦中靠岸。

"船"在这里是一个喻体,是由弯弯的新月通过诗人的想象转化而成的。正是这一比喻,使本诗在中国诗歌望月思乡的传统里又翻出了新意。从前的诗人可曾想到,那弯弯的新月可以像一条小船,载着你越过万水千山,回到思念中的故乡?这是怎样的一条船啊?它装载着诗人所有的乡思,越过了万水千山。它还将航行千秋万代,因为人类的乡思永无止境。

诗人笔下的船,一只又一只,满载着豪情、爱情、亲情、思乡情——这些人类生命中最可珍视的情感——从过去驶来,又向未来驶去,它们是航行在永恒的生命时空的啊!

# 婉曲中的机智

## ——历史散文人物语言艺术赏析

《语文读本》(人教版)高中第一册有《唐雎不辱使命》一文,其中一段文字颇可玩味:

秦王使人谓安陵君曰:"寡人欲以五百里之地易安陵,安陵君其许寡人!"安陵君曰:"大王加惠,以大易小,甚善!虽然,受地于先王,愿终守之,弗敢易。"秦王不说。安陵君因使唐雎使于秦。秦王谓唐雎曰:"寡人以五百里之地易安陵,安陵君不听寡人,何也?且秦灭韩亡魏,而君以五十里之地存者,以君为长者,故不错意也。今吾以十倍之地请广于君,而君逆寡人者,轻寡人与?"唐雎对曰:

> "否！非若是也。安陵君受地于先王而守之，虽千里不敢易也，岂直五百里哉！"

仔细体会文中画线句子的含义，然后从语言艺术的角度赏析这些话语，很有意味。安陵君心知秦王是在欺诈，但又不敢直接回绝和顶撞，于是说"大王加惠，以大易小，甚善"，好像是在表示感激，而真正目的则在于婉转地拒绝秦王的"好意"——这是一种外交辞令。秦王见安陵君不肯就范，心里恼火，说话却仍很有艺术："以君为长者，故不错意也。"表面上说你安陵君是个老实人，所以没有防你，而实际上是在威胁恐吓，无非是要安陵君识相一点，赶快献出国土——这同样是外交辞令。安陵君和秦王，一个谨慎、胆怯，一个骄横、狡诈，说起话来却都能将真实意图隐含在客气得体的外交辞令中。

内心的想法不从正面直接说出，而是用反话来透露，委婉曲折地表达出来，其中蕴含着过人的机智。这是一种语言艺术，运用得巧妙，可以避免正说、直说的急切浅露，使话语意味深长，充满情趣，起到极佳的表达效果。中国古代历史散文十分注重对人物言行的记载和描写，从中可以发现，古人常常运用婉曲的语言艺术，这从《语文》（人教版课本）高中第一册的几篇课文里即可见一斑。

先看《烛之武退秦师》中烛之武的几句话。当郑国被晋、秦大军围困,形势极为危急的时候,郑国大夫佚之狐胸有成竹地向郑伯推荐烛之武,认为只要请烛之武出马去见秦伯,必定能使秦军退走。心急如焚的郑伯别无良策,只好去请。面对急来抱佛脚的郑伯,烛之武却推辞说:"臣之壮也,犹不如人;今老矣,无能为也已。"那意思是说:"我壮年的时候,尚且不如别人;现在老了,更做不成什么事了。"这是在说反话,为自己长期得不到重用而发牢骚。烛之武才智过人,这一点佚之狐很清楚,郑伯恐怕也知道,而烛之武本人更是颇为自负,所以才有一肚皮的怨气。妙在他发牢骚也很讲究艺术,来个正话反说,既道出了内心的不满,又避免了直接指责郑伯,这是一种难能可贵的机智。效果当然良好,郑伯一下子就听出了弦外之音,赶紧道歉:"我早先没能重用您,现在国家危急了才来求您,这是我的过错啊!"老臣发几句牢骚,国君赔一个不是,于是矛盾化解了——烛之武同意出马,凭三寸不烂之舌,三言两语即说服秦伯退兵,救国家于危亡之中。在强敌压境的紧张形势下,加入这样一个小插曲,使文章叙事显得有张有弛,有情有趣。

再看《勾践灭吴》中勾践的一番话。会稽之败后，勾践忍辱负重，卧薪尝胆，经过十年的精心准备，报仇雪恨的条件已经成熟了，只等时机到来。这时候越国的父老兄弟请求说："从前吴王夫差在诸侯各国面前羞辱我们的国君，现在越国也已经忍耐够了，请允许我们为您报仇。"这正是勾践梦寐以求的事啊！十年苦心经营，不就是为了这一天吗？然而，勾践一开始却假惺惺地推辞说："昔者之战也，非二三子之罪也，寡人之罪也。如寡人者，安与知耻？请姑无庸战。"（大意是：从前那一仗被打败，不是你们的罪过，完全是我的罪过。像我这样的人，哪里还知道什么耻辱？请暂时不用打仗。）多么煽情的话语！十年来包着忍耻、发愤图强的勾践，竟然说出"如寡人者，安与知耻"的话，细细体味，其中的情感意趣是不难发现的。此时的勾践早已是一位城府极深、有胆有识的政治家，他要煽动起越国百姓最强烈的复仇情绪，运用的恰恰就是婉曲的语言艺术，这充分体现了勾践的机智。他的目的达到了——父老兄弟又一次请战，并表明了同仇敌忾、尽力一战的意志和决心。

最后看《触龙说赵太后》中一段极有情趣的对话。赵太后刚刚执政，就遭秦军猛攻，赵国不得不向齐国求救,而齐国一定要赵太后的宝贝儿子长安君去做人质,然后才肯出兵。太后坚决不同意,面对大臣的强谏,恼火之极,公开表示:"有谁再敢劝说让长安君去做人质,老太我一定吐他一脸口水!"矛盾似乎已到了不可调和的地步,触龙又该如何去劝说呢?见了怒气冲冲的太后,触龙先是嘘寒问暖,探询太后的健康,并说起自己的养生之道。等太后脸色稍微和缓了些,触龙便提出要开个后门,请太后为自己的小儿子安排工作,于是激起了太后的兴趣,引出下面的对话:

太后曰:"丈夫亦爱怜其少子乎?"对曰:"甚于妇人。"太后笑曰:"妇人异甚!"对曰:"老臣窃以为媪之爱燕后,贤于长安君。"曰:"君过矣,不若长安君之甚。"

一个老头,一个老太,你一言我一语地谈论着儿女之事,充满了浓浓的人情味。在此触龙施展了婉曲的语言艺术——明知妇人最疼爱小儿子,却偏说自己对小儿子的疼爱超过妇人;明知太后最疼爱长安君,却偏说太后疼爱女儿燕后超过了长安君。这样一来,太后的怒气和戒心完全消失了,而触龙的机智和情趣得到了充分表现,他引着太后一步一步地进入了自己预设的话题,那就是"父母之爱子，则为之计深远"。最终，太后被说服了，自觉、自愿地提出送长安君去做人质，一桩军国大事就此圆满解决。

由以上几例可见，婉曲是一种含蓄蕴藉、曲折巧妙的语言艺术，对它的成功运用总是带来意想不到的效果，显示出历史人物非凡的机智。在作品中，描写人物婉曲的语言艺术的文字，往往是作者的得意之笔，全篇的精彩之处。抓住这些文字进行品味，感悟言外之意，领略话中之趣，有利于准确分析人物性格和全面把握人物形象。

# 繁而有理，简则失神

## ——略论繁笔的特点及运用规律

周先慎《简笔与繁笔》一文在论及繁笔时，并未对繁笔下明确的定义，只是举了两个例子，并做了简要的分析。例子之一是《水浒传》中对鲁达打镇关西那三拳的描写，浓墨重彩，"做了一大串形容"，字面上繁，却有神韵，能强烈地感染读者，使读者体会到"伸张正义、惩罚恶人时那痛快淋漓劲儿"。例子之二是鲁迅《社戏》中写等待小叫天出场的那段文字，"真是啰嗦到了极点"，鲁迅用它来表现一种复杂微妙、难以言传的心理状态，有强烈的艺术效果。根据文中叙述可知，所谓繁笔，当是指为了更好地表情达意，而故意在文章中运用的看似烦冗甚至啰唆的语言文字。须强调的是，繁笔的"繁"，不同于一般意义上的啰唆，它是作者有意安排的，是表情达意的需要。

《简笔与繁笔》一文中特别提道："鲁迅是很讲究精练的，但他有时却有意采用繁笔，甚而至于借重'啰唆'。"下面再举鲁迅文章中的一例，来加深对繁笔特点的理解。散文诗《秋夜》的开头是这样写的：

在我的后园，可以看见墙外有两株树，一株是枣树，还有一株也是枣树。

鲁迅在此处用了繁笔。若要简练，一句话就够了："在我的后园可以看见墙外有两株枣树。"这样表述，乍一看并没有比原文少掉意思，但仔细体会的话，就能发现两者透露的信息有很大差异。综观《秋夜》全文以后，再联系写作背景来思考，就不难看出开头的这几句不仅暗寓了"我"的形象，而且传达出"我"内心那种孤寂、无聊的情绪。透过这样的文字，读者不难想见：在深秋的一个寒夜里，"我"独自一人在后园，抬头看见墙外有两株树，凝神看定其中的一株，看出是枣树，再转眼看另一株，发现也是枣树——此时的"我"真是无聊之极，寂寞之极。这样的表达效果，不是那种所谓简练的叙述能具备的。这就是以繁胜简。

在文章中，运用繁笔成功与否，主要看能否起到好的表达效果。恰当而巧妙的繁笔，往往借助文字的

"繁"来蕴藏丰富深刻的意义,寄寓复杂微妙的情感,能产生那种意想不到的奇妙效果。繁笔,应"繁"得有理,"繁"得恰到好处。那看似烦冗的语言,其实精妙无比,欲简不得,一作删削,就会丢失重要信息,走了神韵。

深刻地理解繁笔,对于阅读和写作都会产生积极的影响,具有一定的实际意义。就阅读来说,懂得了繁笔的特点及运用规律,就掌握了一种赏析文章的艺术理论的工具。有了这一工具,我们在阅读中一旦遇到不够简练,甚至显得啰唆的文段,就会想到作者可能故意运用了繁笔,从而提醒自己联系语境去思考:字面上的"繁"是否有所暗示?有没有言外之意?从表情达意的角度看是否有独特的效果?等等。这样的思考,当然有助于深入地理解文章的思想内涵,同时还使我们从艺术角度去分析文章的写作技巧。

举例来说,在读鲁迅《记念刘和珍君》一文时,会遇到这样一段文字:

> 始终微笑的和蔼的刘和珍君确是死掉了,这是真的,有她自己的尸骸为证;沉勇而友爱的杨德群君也死掉了,有她自己的尸骸为证;只有一样沉勇而友爱的张静淑君还在医院里

呻吟。

　　从字面上看,这里的表述确实不够简洁,甚至显得有点啰唆。如果我们懂得繁笔的有关理论,那么,读到这样的文字自然就要想一想,这里的"繁"是否有其道理。"确是死掉了""这是真的""有她自己的尸骸为证",作者为什么要对刘和珍的死这样反复地确定呢?原来是因为他想不到刘和珍会那样死去,不希望、不愿意刘和珍死,但又不得不相信刘和珍确实已死。如果我们能感悟到这一层,就会立刻觉察到作者内心极度的矛盾和痛苦。至于反复地念叨"沉勇而友爱的""死掉了""有她自己的尸骸为证",不正是内心极度悲痛的外在表现吗?从这些重复的词句中,我们能深刻地体会到作者无比悲愤的心情。在此,鲁迅成功地运用了繁笔,将内心深沉而强烈的情感不露声色地蕴含在字里行间,这样来表情达意不是很含蓄、很巧妙吗?

　　再举一例。刘征《过万重山漫想》一文中有这样两段文字:

　　　　那时候,人们对自然的认识还是极有限的。他站立在独木船上,拿起竹篙的时候会想些什么呢?

　　　　前面的路有多长?这峡道会不会有几千几

万里，会不会直通到海底甚至通到地狱？他不知道，也没有想。前面的路有多险？那高崖会不会劈头盖顶崩落下来？那礁石会不会狼牙一样遍布江底？那江水会不会中途变成直下千仞的飞瀑？他不知道，也没有想。前面的路上会遇到些什么？会不会遇到百丈的蛟、九头的蛇？会不会遇到双睛似电、头颅如山的妖魔鬼怪？他不知道，也没有想。他自己会不会中途遇险？如果遇险，他会像一个水泡那样顷刻消散，还是会给人们留下永远的记忆？他不知道，也没有想。他只是想走出去，去扩大生活的世界。于是，他用竹篙一点，独木船开动了……

这里的"他"是指第一个穿过三峡的人，根据文意，"他"在出发时应该是全无顾虑，什么都没有去想。如果是这样的话，那么文中那一连串的疑问是否就多余了呢？可不可以精简掉这些疑问句，把这部分紧缩为"对于前面的路他什么都不知道，什么也没有想"？从文理上讲，这样简略地表述，似乎也无不可，但同原文相比，它刻画人物的力度就被大大削弱了。原文中那一连串的气势逼人的疑问，正反映了当时人们对闯三峡普遍具有的疑虑和恐惧。而这些疑虑和恐惧，又恰好反衬了第一个穿过三峡的人藐视艰险、勇往直前的气概和大无畏精神。于是乎，一个勇者的形象便站在了读者面前——他为了"去扩大生活的世界"而毅然决然地踏上凶险莫测的征途，即使他一言未发，我们也能感觉到他非凡的勇气、超人的意志和鲜明的个性。另外，这里的疑问也进一步具体地表现了"那时候，人们对自然的认识还是极有限的"。这处繁笔，看起来像是写了不少多余的话，而实际上这些话绝非多余，甚至可说是大有妙用。

　　有的繁笔还表现为文字或内容上的前后重复。读文章，尤其是读名家名作时，如果遇到其中有前后看似重复的文字或内容，切不可不耐其"繁"而一带而过，因为这些地方往往体现了作者的匠心，值得推敲一番，咀嚼一番。例如，在鲁迅小说《祝福》中，竟然先后两次完整地叙述了祥林嫂讲的阿毛的故事，而两次所写的内容几乎是一样的，字数也差不多，都是两百二十多字，其中有相当一部分句子完全相同，其余句子也只在个别词语或表述方式上稍有变动。毫无疑问，鲁迅在这里不厌其烦地让祥林嫂把阿毛的故事完整地再讲一遍，是有其用意的，这不是简单的重复，而是为刻画人物和推动情节发展故意用的繁笔。通过分析可看出，这里的重复，旨在强调这一故事是祥林嫂"日夜不忘的故事"，艺术地再现了祥林嫂在精神遭受重创后神经质地"反复地向人说她悲惨的故事"的情形，并为下文"后来全镇的人们几乎都能背诵她的话，一听到就烦厌得头痛"做了铺垫。在此，我们又一次领略了鲁迅运用繁笔的高超技艺。

理解了繁笔的特点及运用规律，并在阅读文章时注意其中对繁笔的运用，不仅能使我们更深入透彻地把握文章的思想内涵，而且能使我们从艺术角度去赏析文章技巧，意义是不言而喻的。

就写作来说，理解繁笔并有意识地将它运用于文章的写作，以使文章更具艺术性，当然是非常有意义的。另外，在写作时，如果你发现自己的文章语言不够简练，有烦冗、拖沓之处，而在表情达意方面又没有什么特别的作用——就是不符合繁笔的要求，那么你自然就会想到要对这样的文字进行精简。换言之，写文章若非有意运用繁笔，则应力求简洁、明快。由此想来，精炼文章语言，有时也得力于对繁笔的深刻理解。

# 《警察和赞美诗》译文指瑕

## ——兼谈文化词语在翻译中造成的问题

欧·亨利小说《警察和赞美诗》（高中语文第五册）的译文大体上保持了英文原著幽默风趣的语言风格，这是难能可贵的。然而，在其翻译过程中也确实遇到了一些难题，译文中还存在可商榷的地方。

例如，在小说的第二节有这样两句：

> 一张枯叶飘落在苏比的膝头。这是杰克·弗洛斯特的名片。

这里的"杰克·弗洛斯特"是"Jack Frost"的音译，是对"霜冻"的拟人称呼，其中的"Frost"是"霜冻"的意思。这样的拟人称呼是同美国社会特定的文化背景相联系的，在英语中用起来很自然，而在汉语中却难以找到一个可与之对应的称呼。这着实难为了译者,于是只好来个音译,再在译文下写个注释。这样处理无论如何是煞风景的,但实在出于无奈。

再如,当苏比扮演小流氓去调戏年轻女子时,那女子兴致勃勃地说的话:

可不是吗,迈克,不过你先得破费给我买杯猫尿。

其中的"猫尿"一词,是我国某些地方的俚语,课文下有个注释,解释此处"猫尿"指啤酒。小说英语原文此处用的是"suds"一词,也是个俚语,指啤酒。显然,译者用"猫尿"来翻译"suds",是经过斟酌、有一番用心的:一是想用俚语来翻译俚语,二是"猫尿"一词能较好地表现那年轻女子话语的轻佻。然而,这样翻译总让人觉得有种串味的感觉——美国女子的口中怎么竟吐出个中国俚语?我们之所以会有这种感觉,那是因为"猫尿"和"suds"这两个俚语各自所体现的文化内涵不同。"suds"一词除了指啤酒外,还有"泡沫""浓肥皂水"等义项,但肯定没有"猫尿"的意思。因而,"猫尿"和"suds"虽然都指啤酒,同为俚语,但在翻译时却不能完全对应,它们是不同语言中的文化词语。

所谓文化词语，是指在一定时期中，在特定的民族或地域或阶层中流行的、同特殊的文化现象相联系的、表现了特定的文化内涵的词语。每一种语言都有许多特有的文化词语。越是发达丰富的语言，这种文化词语也就越多，即使是最不发达的语言也有一整套自己特有的文化词语。汉语是丰富发达的语言，文化词语的数量极大。例如，汉语中数量较多的佛教用语及同佛家典故密切相关的词语，就是典型的文化词语。这些词语带有浓重的佛教色彩，体现出佛教文化的特定内涵，像现在还被人们经常使用的执着、无常、无明火、功德无量、大慈大悲、恒河沙数、道高一尺魔高一丈等。文化词语，给语言翻译工作带来了许多困难。如果硬要翻译，就势必会走样或变味。举例来说，流行于粤、港地区的"拍拖"一词，是个带南方色彩的文化词语，这一俚语若译为"谈朋友""谈恋爱"，理性意义大致不错，但却失去了那种韵味。难怪有人要说："美文不可翻译。"话虽有些过头，却道出了翻译中的困惑和艰难。

一方面，原著中的文化词语难以翻译；另一方面，译著中也不宜用文化词语。再来看《警察和赞美诗》的译文，其中还有两处让人感到别扭，这两处是：

①风琴师奏出的赞美诗使铁栏杆前的苏比入定了。

②--刹那间,新的意境醍醐灌顶似的激荡着他。

句①中的"入定"和句②中的"醍醐灌顶",课文下都有注释,并且都特别注明是佛教用语。而我们知道,小说中的苏比在其时其地面对的是古老的教堂、风琴师和赞美诗,也许他心中想到了上帝,或者想到了基督,但一定不会想到佛祖。很明显,译文中的这两个佛教用语同整个语境不谐调。中国读者看到"入定""醍醐灌顶"这类词语,总是联想起静坐修行的僧人,联想起佛性、智慧的灌输等与佛教有关的事物。而欧·亨利的这篇小说描写的是美国社会,小说的环境中只有美国的宗教文化。在这样的文化背景中的人物,与佛教又没有任何关系(至少小说没提到有关系),却用两个佛教用语来描写,确实给人一种张冠李戴、不伦不类的感觉。

也许,我们在平时说话或写文章时用到一些佛教用语,不一定会想到它们的出处而同佛教联系起来,从而忽略了它们特定的文化内涵,并且我们在用这些词语描写生活中的事物时又总是感到自然而然，即使那事物与佛教毫无关系。那都是因为我们生活在中国社会，处在中国社会特定的文化背景中。佛教自东汉传入中国以来，对中国文化产生了广泛而深远的影响。正是在这样的文化背景下，我们在许多场合使用佛教用语，才不必特别考虑它们特定的文化内涵。但在翻译外国文学作品时，就必须考虑到文化背景的差异，尽量不用诸如佛教用语之类的文化词语。

《警察和赞美诗》的译文用佛教用语来描写古老教堂前听着赞美诗的主人公，显然是欠妥的，这样的情况完全可以避免。我们来看一下那两处的英语原文：

① And the anthem that the organist played cemented Soapy to the iron fence.

② And also in a moment his heart responded thrillingly to this novel mood.

句①可直译为："风琴师奏出的赞美诗把苏比牢牢地粘在铁栏杆上了。"句②可直译为："他的内心立刻对这种新的情绪做出了剧烈的反应。"这样翻译或许语言不美，但忠实于原著，不至于走样和变味。

综上所述，笔者以为在翻译外国文学作品时，原著中的文化词语必然造成翻译的困难，如果遇上就只好加注释来做些说明了。而汉语中的文化词语一般也不宜用在译文中，要考虑到原著的文化背景，使译文尽量保持原汁原味，虽然这是极难做到的。毕竟，翻译是一项非常严肃的工作。

# "闲笔不闲"例说

所谓"闲笔",是与"主笔"相对而言的。"闲"有与正事无关的意思,闲笔即指穿插、点缀于文章中的,看似与主要事件或主题思想没有多少关系的文字。金圣叹在评点《水浒传》时最早提出了"闲笔"这个概念,此后许多文艺批评家都使用这个术语。要强调说明的是,闲笔不是可有可无的文字。所谓"闲笔不闲",运用得巧妙,闲笔会有意想不到的功效。

"文章不写半句空",名家名篇中的闲笔尤不可等闲视之。下面试从曾经入选高中语文课本的文章中,拈出几个例子,来说一说闲笔的妙用。

## 一、神游万里,笔断意连

高中语文新教材在选用朱自清《荷塘月色》一

文时，补上了原教材中删去的部分。这部分（画线处）是：

> 忽然想起采莲的事情来了。采莲是江南的旧俗，似乎很早就有，而六朝时为盛；从诗歌里可以约略知道。采莲的是少年的女子，她们是荡着小船，唱着艳歌去的。采莲人不用说很多，还有看采莲的人。那是一个热闹的季节，也是一个风流的季节。梁元帝《采莲赋》里说得好：
>
> 于是妖童媛女，荡舟心许；鹢首徐回，兼传羽杯；櫂将移而藻挂，船欲动而萍开。尔其纤腰束素，迁延顾步；夏始春余，叶嫩花初，恐沾裳而浅笑，畏倾船而敛裾。
>
> 可见当时嬉游的光景了。这真是有趣的事，可惜我们现在早已无福消受了。

原教材删去这部分，自有其道理。推究一下原因，不外乎两点：一是觉得这些文字与文章的中心关系不大，删去也无妨；二是《采莲赋》中的一些句子较难理解，妨碍了阅读的顺畅。

然而，深究起来，这样的处理是欠妥当的。因为这看似不经意的可有可无的闲笔，其实在表情达意方面有着独特的作用，是作者有意设置的。这里插入的是作者漫步月下荷塘边时的联想。在作者心目中，江南采莲的事充满了浪漫情调，引人无边遐想，于是自然而然地引出《采莲赋》中那段诗情画意的描写。此时的作者已然神游万里之外，沉浸在对美好事物的幻想之中，内心的喜悦禁不住流露出来，那是一种暂时摆脱了烦人事务后的轻松。这种轻松和喜悦稍纵即逝，作者笔锋轻轻一转，随即又将思绪从万里之外带回。这是一处颇具表现力和感染力的文字，营造了一种氛围，使读者体会到那种淡淡的喜悦与淡淡的哀愁相互转化、相互交织的微妙情感。这种表现得异常真切、自然的情感，又是与全文的基调和谐一致的。此处闲笔的插入，将读者从清华园的荷塘边一下子带到了遥远的江南，似乎打断了文章的叙述思路，但它对抒发感情、表现题旨起着重要作用，可谓"闲笔不闲"。

## 二、避实就虚，反常出奇

鲁迅在《为了忘却的记念》中，回忆了自己与烈士生前的一些交往，总的说来，心情是沉痛、悲愤的，这是全文的基调。文中叙述与白莽的第三次相见，"我"一面为白莽的得释而欣幸，一面又为那被捕房没收的两本书痛惜，紧接着就有这样一段文字：

> 那两本书，原是极平常的，一本散文，

一本诗集,据德文译者说,这是他搜集起来的,虽在匈牙利本国,也还没有这么完全的本子,然而印在《莱克朗氏万有文库》(Reclam's Universal-Bibliothek)中,倘在德国,就随处可得,也值不到一元钱。不过在我是一种宝贝,因为这是三十年前,正当我热爱彼得斐的时候,特地托丸善书店从德国去买来的,那时还恐怕因为书极便宜,店员不肯经手,开口时非常惴惴。后来大抵带在身边,只是情随事迁,已没有翻译的意思了……

此处忽然细述起那两本书的来历,这样花费笔墨来写对两本书的痛惜之情,乍一看似乎与上下文有些不谐调,有节外生枝之嫌。这是闲笔。

仔细一思量,这闲笔其实也是不"闲"的。鲁迅用的是避实就虚的写法。综观全文,大量的篇幅是在叙述与几位青年的交往经过,字里行间充溢着关爱之情。此处文字,竟在看似不经意间说了通闲话,似乎远离了严酷现实,给人一种空虚之感,甚至有点矫情,这就显得反常了。当然,透过这如数家珍般的叙述,我们看到了鲁迅对那两本书的珍惜,也可进而体会到他和白莽之间的深厚情谊。问题在于为何要扯得那么远,那么多?难道真要表现对那两本书的痛惜之情吗?我们知道,写作本文时鲁迅最感痛心的应是他自己"失掉了很好的朋友","中国失掉了很好的青年",那两本书同这比起来又算得了什么呢?深入地体会一下可发现,鲁迅为那两本书痛惜有个前提,那就是白莽安然出狱了。也正因为白莽出狱了,鲁迅感到"欣幸",所以才有兴致详细地讲述那两本书的事。这处闲笔,其实是用一种非常奇特的方式表达了作者在看到白莽重获自由时轻松愉快的心情,其中蕴藏了作者的关怀爱护之情。反常而出奇,这样的闲笔实在不"闲"。

### 三、借石他山,举重若轻

《为了忘却的记念》一文中,鲁迅在写到柔石被捕,官厅正在找寻"我"时,插叙了一段文字:

> 记得《说岳全传》里讲过一个高僧,当追捕的差役刚到寺门之前,他就"坐化"了,还留下什么"何立从东来,我向西方走"的偈子。这是奴隶所幻想的脱离苦海的惟一的好方法,"剑侠"盼不到,最自在的惟此而已。

这也是闲笔,鲁迅借此想要表达什么呢?

下文紧接着说:"我不是高僧,没有涅槃的自由,却还有生之留恋,我于是就逃走。"从表面看,鲁迅是为自己的"逃走"找了个理由,说得似乎很轻松。然而，往深处想，这里道出的其实是民族的一种普遍心理。鲁迅把"逃走"置于这一心理背景之上，是有其深意的。高僧坐化的故事只不过是一块他山之石，借用于此的目的是为了攻玉，即昭示读者：千百年来处在暴政之下的人们幻想脱离苦海，然而总是不得其法。而作者同样面对暴政，唯一可做的就是逃走。作者的心情是十分沉重和无奈的，而文中却借个故事，以略带幽默的轻松笔调来写逃走一事，这就是所谓的"举重若轻"吧。

## 四、落笔远处，情韵悠长

孙犁的《黄鹂》一文是这样开头的：

> 这种鸟儿，在我的家乡好像很少见。童年时，我很迷恋过一阵捕捉鸟儿的勾当。但是，无论春末夏初在麦苗地或油菜地里追逐红靛儿，还是天高气爽的秋季，奔跑在柳树下面网罗虎不拉儿的时候，都好像没有见过这种鸟儿。它既不在我那小小的村庄后边高大的白杨树上同鹭鸡儿一同鸣叫，也不在村南边那片神秘的大苇塘里和苇咋儿一块筑窠。

文章写黄鹂，开头却从远处落笔，由写家乡很少见这种鸟儿，顺带着写了童年时捕捉鸟儿的种种勾当，笔调悠闲之极，可以视作闲笔。这是"外加式"闲笔。

如果没有这段文字，文章直接从初次见到黄鹂写起，似乎也无不可，但总让人感到少了趣味。通过分析可知，此处闲笔是为黄鹂的出场做的铺垫；更重要的是，它生动地表现了作者对鸟类由来已久的喜爱，点染出一种悠长的情韵，使人们在读下文时，能够充分地理解作者对黄鹂的那种由衷关切。因此，这绝不是无关紧要的闲笔。

## 五、就势旁引，借题发挥

《黄鹂》一文中，作者孙犁在写到病友尊重友谊而不射击黄鹂之后，旁引了这样一件事：

> 有一次，在东海岸的长堤上，一位穿皮大衣戴皮帽的中年人，只是为了讨取身边女朋友的一笑，就开枪射死了一只回翔在天空的海鸥。一群海鸥受惊远飏，被射死的海鸥落在海面上，被怒涛拍击漂卷。胜利品无法取到，那位女人请在海面上操作的海带培养工人帮助打捞，工人们愤怒地掉头划船而去。……

作者为什么要写海鸥被肆意射死的事？难道就因为海鸥是黄鹂的同类？这是无目的的旁逸斜出吗？

我们知道《黄鹂》是一篇寓意深刻的文章，作者借黄鹂这一艺术形象表达了他对某些社会问题的思考，即

"各种事物都有它的极致","在一定的环境里,才能发挥这种极致"。在文章中,黄鹂是一个具有象征意义的物象,由黄鹂而引出的海鸥当然也不是一般意义上的海鸥,它使我们联想到生活中那些被无故摧残的美好事物,以及事物所处的杀机四伏的环境。故而,此处不失时机地插写海鸥被射杀一事,是同文章主旨的表现直接相关的。这段文字是作者为了借题发挥而故意设置的闲笔。

由上述范例可以看出,闲笔所写的虽然不是文章的主要材料,但也不是可有可无的。作为闲笔的材料,都是根据文章主题及表情达意的需要而精心选择的。东拉西扯,把毫无意义的东西硬塞进文章,那不是闲笔,而是芜杂枝蔓。闲笔尽管在形式上似乎独立于正文之外,但实质上仍然是文章的一个有机组成部分,在文章中起着重要作用。所以说:闲笔不闲。